PONY FRIENDS

EEN BIJZONDER CADEAU

Copyright © 2008 bij Uitgeverij De Eekhoorn BV, Oud-Beijerland

CIP-gegevens Koninklijke Bibliotheek, Den Haag

Kan Hemmink, Henriëtte

Pony Friends deel 10: Een bijzonder cadeau / Henriëtte Kan Hemmink
Internet: www.eekhoorn.com
Illustraties: Melanie Broekhoven
Eindredactie: YDee Media, Amstelveen
Vormgeving: Bureau Maes & Zeijlstra, Oosterbeek

ISBN 978-90-454-1214-6 / NUR 282

PONY FRIENDS

EEN BIJZONDER CADEAU

Henriëtte Kan Hemmink

omslag en illustraties
Melanie Broekhoven

De Eekhoorn

De serie

PONY FRIENDS

INHOUD

HOOFDSTUK EEN

Paniek?

Met een schok wordt Liza wakker. Verdwaasd kijkt ze om zich heen. Waar is ze wakker van geworden? Ze draait zich op haar zij en pakt haar mobieltje, dat op het kastje aan de oplader ligt. Hé, een sms'je van Femke! Het geluid van dat bericht zal haar wel gewekt hebben. Met een brede grijns gaat ze rechtop zitten om het sms'je te lezen:
Ik wil je niet meer zien. Het spijt me. Femke

'Sukkel,' grinnikt Liza en ze stuurt een sms'je terug:
Daar trap ik niet in. Hoe laat spreken we af? Liza

Nog geen minuut later is er weer een berichtje terug:
We hebben nog maar een halve week herfstvakantie. Vakantie is vakantie. Ik wil geen gedoe. Greetz, Femke

'Wat een aansteller,' mompelt Liza geeuwend. Ze zwaait haar benen over de rand van haar bed en loopt naar het raam. Ze kijkt naar buiten en ziet dat het bewolkt is. Maar gelukkig zijn het geen donkere, grijze regenwolken. Het zou vandaag droog blijven.

Liza besluit Femke te bellen. Ze gaat met opgetrokken benen op de vensterbank zitten en wacht tot er wordt opgenomen. Door het raam ziet ze De Oude Burcht liggen, het hotel waar haar ouders de trotse eigenaren van zijn. Het ligt op een idyllische plek tegen de bosrand.

Aan het begin van het jaar kreeg Liza te horen dat haar ouders dit hotel wilden kopen. Liza vond het een drama! Weg uit haar vertrouwde omgeving, weg bij haar vriendinnen. Ze liet haar ouders duidelijk weten dat ze niet wilde verhuizen. Zeker niet naar de andere kant van Nederland. Daar had ze geen zin in. Ze mochten zonder haar vertrekken.

Een week later moest ze met haar ouders en broer Niels mee voor een bezichtiging van het hotel en de villa. De makelaar zou hen rondleiden. Er was geen ontkomen aan. Die nacht sliep ze niet, ze kreeg geen hap door haar keel, ze had buikpijn en een pestpokkenhumeur. Het zou de vreselijkste dag van haar leven worden. Maar dat werd het niet... Het hotel en de villa bleken schitterend en Liza wilde wel verhuizen!

'Ik ben er niet!' roept Femke in Liza's oor.

'Ik ook niet.'

'Waarom bel je dan?'

'Ik heb een probleem.'

'Nee-hee,' kreunt Femke zachtjes.

'Ook al hebben we vakantie, we moeten voor Binky zorgen.'

'Dat weet ik. Maar je kent míjn probleem! Elke keer als we bij Binky zijn, gebeurt er iets. Of we het nou willen of niet, we halen ons allerlei toestanden op de hals. Ik wil even niks. Alleen maar rust.'

'Misschien moet je dan een appartement in een bejaardenflat huren?' oppert Liza.

'Alles is goed, als jij maar uit mijn buurt blijft,' antwoordt

Femke.

'Binky ook?'

'Nou, eh... Binky kan ik eigenlijk niet missen.'

'Dus je komt vandaag?'

'Ik zal wel moeten,' giechelt Femke.

'Je moet toch nog een boekverslag maken?'

'Zeg niet van die akelige dingen tegen me,' zucht Femke.

'Zullen we om elf uur afspreken?'

'Afgesproken. Ik neem brood mee.'

'Brood? Liza, ik kom echt alleen voor Binky! Al komt de koningin op visite, brandt de schuur af of sluipen er verdachte personen rond de Peelderpoel, het kan mij niets schelen. We borstelen Binky, krabben zijn hoeven schoon, vlechten zijn manen in en rijden een paar rondjes op zijn rug. Daarna krijgt hij als beloning een schep biks in zijn voerbak en smeer ik 'm. That's it! Ik wil niet in één of ander avontuur verzeild raken. Sinds ik officieel tot de orde der Pony Friends ben toegetreden, lijkt het wel alsof ik een avonturier ben geworden.'

'Geef mij maar de schuld,' zegt Liza met dramatisch klinkende stem. 'Wil je trouwens nog mee doen aan die fotomodellenwedstrijd?'

'Natuurlijk! Als we winnen, dan wil ik naar de mooiste plek ter wereld, waar ze een fotoreportage van ons gaan maken. Dat zou geweldig zijn!'

'Maken we een kans, denk je?'

'Daar ga ik wel van uit,' antwoordt Femke dromerig. 'Dan gaan we naar een plek waar paarden zijn.'

Liza giechelt. 'Ja, dan zijn we dé talentvolle fotomodellen. Bekende fotografen zullen sfeerreportages maken in een omgeving die wij uitkiezen. Onze foto's zullen ook in andere grote bladen gepubliceerd worden. We moeten dus goed nadenken waar we naartoe willen. Het moet echt iets bijzonders zijn. Als we niets origineels bedenken zetten ze ons op Shetlanders in de kinderboerderij.'

'Ik zal mijn hersenen nog eens pijnigen,' belooft Femke.

'Niet doen!' waarschuwt Liza plagend. 'Je hebt vakantie!'

'Dagdromen hoort bij de vakantie! Hé, ik ga hangen.'

Op de binnenplaats, die de villatuin met de achterkant van het hotel verbindt, ziet Liza plotseling iets bewegen.

'Liza? Liza! Ben je er nog?' roept Femke door de telefoon.

Liza drukt haar gezicht tegen het raam en kijkt naar haar moeder, die hard over de binnenplaats rent. Elles Lienhout steekt haar armen naar voren en boort zich zonder aarzelen in de coniferenhaag. Waarom gaat ze niet door het tuinhekje? Is ze in paniek? Elles zwaait wild met haar armen om zich heen als ze zich uit de haag wurmt en over het grasveld richting de villa loopt.

'Liza? Hallo? Wat is er?' Femke klinkt bezorgd.

'Ik bel je zo terug,' fluistert Liza.

'Wat? Is er iets gebeurd?'

HOOFDSTUK TWEE

Zee-zenuwen

Vliegensvlug rent Liza in haar pyjama naar beneden. In de keuken botst ze bijna tegen haar moeder op, die buiten adem de leuning van een stoel vastgrijpt.

'Wat is er aan de hand?'

'Eh... Eh... Dat vertel... eh... ik zo. Eerst Niels ophalen.'

Elles drukt een hand tegen haar zij om de felle steken tegen te gaan.

'Is het erg?'

Hijgend hangt Elles voorover over de stoel en maakt een ongeduldig gebaar naar boven. 'Niels moet... eh... beneden komen. Nu.'

Liza stelt geen vragen meer. Ze rent met twee treden tegelijk de trap op, klopt op Niels' deur en zonder een reactie af te wachten stapt ze naar binnen. 'Niels! Wakker worden. Je moet beneden komen. Er is iets gebeurd.'

Niels is meteen klaarwakker. Hij gooit het dekbed van zich af en springt uit bed.

Liza staat alweer bij de trap. 'Mama staat in de keuken. Ze is buiten adem.'

'Is er iets met pa...?' Niels maakt zijn zin niet af.

'Ik weet het niet. Ze doet heel raar.'
Met zijn tweeën rennen ze naar beneden.
Liza en haar broer lijken op elkaar. Ze hebben allebei zwart krullend haar. Liza draagt het lang, Niels kort. Hij laat de krullen door de kapper afknippen. Hun donkere gebogen wenkbrauwen en lichtblauwe ogen vallen op. Niels is zestien. Liza is vijf jaar jonger. Dat is best een groot leeftijdsverschil. Maar dat geeft niets. Liza is dol op haar broer en hij is ook dol op haar.
'Ga zitten!' Elles gebaart naar de twee stoelen aan de andere kant van de keukentafel.
Liza en Niels wisselen een bezorgde blik. Wat zou er aan de hand zijn?
Elles slaakt een diepe zucht en trekt haar schouders naar achteren. 'Wat ik jullie ga vertellen, zul je niet geloven.' Er glijdt een glimlach over haar gezicht.
Liza zucht van opluchting. Haar moeder lacht, dus het zal allemaal wel meevallen. 'Het is dus niet iets ernstigs?' vraagt Liza voor de zekerheid.
'Het hangt ervan af hoe je het bekijkt. Ik heb de zeezenuwen.'
'Dat is te zien,' grijnst Liza.
'Hou je vast!' lacht Elles. 'Twintig minuten geleden ging de telefoon. Frederiek is vrij. Sonja kwam net de hal binnen en plofte achter de balie met haar jas nog aan. Ze nam op en kreeg iemand aan de lijn die ze niet goed verstond. De man sprak met een vreemd accent. En afwisselend in het Engels en Nederlands. Ik liep door de hal en zag dat Sonja mij verdwaasd aankeek. Ze trok allerlei gekke gezichten en gebaarde dat ik de andere telefoon moest pakken. Ik nam het gesprek over en vroeg de man of hij wilde herhalen wat hij zojuist gezegd had. Hij was medewerker van The Embassy of Saudi-

Arabia in the Netherlands. Ik begreep er net zo weinig van als Sonja. Waarom belde de ambassade van Saoedi-Arabië naar ons hotel?'

'Mam, vertel waar het om gaat!' Niels kijkt haar ongeduldig aan.

'Jullie geloven het niet. Omdat ik het zelf ook niet kan geloven.'

'We hangen aan je lippen, mam,' zegt Liza.

'Ja, brand maar los!' spoort Niels haar aan.

Elles kijkt even naar buiten. 'Daar komt Maarten! Ze hebben hem hiernaartoe gestuurd. Hij weet nog van niets.' Ze springt van haar stoel op en houdt de deur open als haar man binnenstuift.

'Je hebt nieuws?' vraagt hij zo neutraal mogelijk, maar de opwinding is van zijn gezicht te lezen. 'Sonja was helemaal hoteldebotel. Ik moest direct naar de villa. Wie heeft er gebeld?'

Elles en Maarten gaan aan tafel zitten. De spanning is om te snijden.

'Twintig minuten geleden ging de telefoon. Sonja nam op omdat Frederiek er vandaag niet is,' vertelt Elles opnieuw. Ze praat steeds sneller. 'Het was een man die half Nederlands en half Engels sprak, en met een zwaar accent. Ze verstond er weinig van. Ik liep net op dat moment langs de receptie en nam het gesprek over. De man noemde zijn naam, maar daar verstond ik niks van. Hij was een medewerker van The Embassy of Saudi-Arabia in the Netherlands. Hij kwam met een dringend verzoek. Door omstandigheden, die hij niet nader kon toelichten, kon een belangrijke gast met zijn gezelschap niet ondergebracht worden in het hotel waar geboekt was. Ze moesten dus plotseling uitwijken naar een andere lokatie. Vanwege de uitstekende reputatie was hun oog op ons hotel gevallen.' Elles drukt haar handen tegen elkaar en kijkt hen om de beurt aan.

'Een belangrijke gast met zijn gezelschap?' herhaalt Liza vragend. 'Een filmster of zangeres?'

'Uit Saoedi-Arabië?' mompelt Maarten.

Elles knikt bevestigend en haalt een verfrommeld briefje uit haar zak. 'Abdul bin Salah.'

Maarten mond zakt open. 'Wie?'

'Sjeik Abdul bin Salah.'

'Nooit van gehoord,' zegt Maarten en hij knippert met zijn ogen. 'Een sjeik?'

'Ja, van een kleine maar schatrijke oliestaat ergens op het Arabisch schiereiland.'

Maarten glimlacht trots. 'Dat is goed nieuws.'

'Er is alleen wel een probleem.'

'Hij wil hier met zijn privé-jet kunnen landen,' fantaseert Liza hardop.

'Doe niet zo gek,' lacht Elles.

'Ze willen met helikopters op het dak landen,' oppert Niels.

'Welnee! Ze komen met auto's,' zegt Elles. 'We krijgen nog informatie over het verwachte tijdstip van aankomst en de grootte van het gezelschap.'

Maarten wrijft met zijn vingertoppen over zijn kaak. 'Ze komen dit weekend?'

'Nee! Vandaag!'

Maarten is in een klap lijkbleek. In de woonkeuken wordt het opeens doodstil.

'Dat meen je niet!' stamelt Maarten. 'Maar... dan moet er nog een heleboel gebeuren.'

Elles kijkt op haar horloge. 'Om half elf komt iemand de kamers inspecteren.'

'Of er explosieven zijn verstopt,' grijnst Niels.

14

'Dat zou zomaar kunnen,' knikt Maarten nerveus. Hij kijkt zijn vrouw aan. 'Hoe gaan we dit aanpakken? Moet er extra personeel worden opgeroepen?'

'Dat is het probleem,' zucht Elles. 'Frederiek is weg. Herman is weg. Twee mensen van de keuken hebben vrij. Die kunnen we misschien oproepen, maar in de bediening hebben we tekort. Alles was goed ingepland, maar ja, dit komt er onverwachts tussendoor.'

'Hoeveel kamers zijn er vrij?'

'Zes.'

'Zou dat genoeg zijn?'

Elles haalt haar schouders op. 'Dat weet ik niet. De kroonprins komt ook mee. Ik kreeg de indruk dat die kroonprins een kind is. Straks komt een lijfwacht of iemand van de ambassade voor de inspectie en hij zal ons informeren.'

'Wat gaaf,' lacht Liza.

'Ja, maar ook lastig.' Maarten ijsbeert peinzend door de keuken.

Elles trommelt met haar vingers op het tafelblad. 'We hebben hulp nodig.'

'Nu meteen.' Maarten wijst naar Niels en Liza. 'De paden moeten aangeharkt worden, het terras opgeruimd, de ramen gelapt, de gangen gestofzuigd... We hebben nog anderhalf uur.'

'Is het zo belangrijk?' vraagt Niels.

'Natuurlijk is het belangrijk. Het is een sjeik! Je kunt ervan uitgaan dat we publiciteit krijgen. Dat is gratis reclame voor ons hotel. Naamsbekendheid is belangrijk.'

'Nou ja, ik bedoel maar: een sjeik zit net als ieder ander met zijn broek naar beneden op het toilet. Waarom sloven jullie je zo uit voor dit gezelschap?'

'Dat ga ik nu niet uitleggen,' reageert Maarten korzelig.

Liza ziet dat een spiertje onder zijn oog trilt. 'Kan ik op jullie rekenen? Willen jullie de handen uit de mouwen steken?'

'Pap, doe effe normaal,' grijnst Niels.

Elles staat op. 'Vanaf nu mogen we geen tijd meer verliezen.'

Met een harde klap loopt Maarten tegen de deur aan. Hij vloekt binnensmonds en wrijft over zijn voorhoofd.

'Er zit een kruk aan, paps,' merkt Liza droogjes op. 'Daar kun je de deur mee opendoen.'

'Alsof ik dat niet weet,' snauwt hij.

'Hij heeft ook vreselijk veel last van zee-zenuwen,' fluistert Elles als Maarten de achterdeur achter zich in het slot heeft laten vallen.

Liza en Niels barsten in lachen uit.

HOOFDSTUK DRIE

Hoezo, rust?

Liza en Niels kijken hun ouders na, die drukgebarend over de binnenplaats wandelen.

'Voor paps en mams is het toch hartstikke leuk,' zegt Liza. 'Mam was door het dolle heen. Ik zat op mijn kamer bij het raam en zag haar naar de tuin rennen. Plotseling stak ze haar armen kaarsrecht naar voren, zoals je doet wanneer je in het water duikt. Ze rende in volle vaart op de coniferen af en dook er gewoon dwars doorheen.'

Niels grinnikt. 'Het heeft wel wat, zulke ouders. De één denkt door dichte deuren te kunnen lopen, de ander laat het tuinhek links liggen en duikt tussen de coniferen door.'

'Het is maar goed dat die inspecteur dat niet gezien heeft. Zullen we ze een handje helpen?'

'In pyjama?' schatert Liza, wanneer Niels naar buiten wil.

Niels slaat tegen zijn voorhoofd. 'De gekte slaat toe in huize Lienhout.'

Als Liza tien minuten later in de keuken een boterham naar binnen werkt, ziet ze Femke over het pad aankomen. Waarom komt ze zo vroeg?

Liza propt het laatste stukje brood naar binnen en doet haar haren met een elastiekje in een hoge paardenstaart.

'Niels! Er is bezoek voor je!' roept Liza plagend als Femke binnenstapt.

Niels komt de trap af en staat oog in oog met Femke, die haar ogen verlegen afwendt. 'Kom je voor mij?' vraagt hij.

'Nee.' Femke schudt nadrukkelijk het hoofd en werpt een boze blik naar Liza. Die kijkt met grote onschuldige ogen terug.

'Wat ben je vroeg,' zegt Liza.

'Ik dacht dat er iets aan de hand was.'

Liza staart haar vriendin perplex aan. 'Hoe kom je daarbij?'

'Je zei opeens niets meer en toen hing je ook nog eens zomaar op.'

'Ja, mijn moeder rende in totale verwarring over de binnenplaats naar de villa en dook tot mijn grote verbijstering tussen de coniferen door. Het zag er nogal verontrustend uit.'

'Maar het viel uiteindelijk wel mee,' lacht Niels. Hij ritst zijn vest dicht en gaat met zijn vingers door zijn haren om ze in model te krijgen.

'Ik dacht dat er iets vreselijks gebeurd was.'

Liza kijkt haar met een ingehouden lachje aan. 'Jij bent nieuwsgierig, zeg!'

'Helemaal niet.'

'Een halfuur geleden heb je verkondigd dat je absolute rust wilde. Dat je niet het risico wilt lopen om in een of ander vreemd avontuur verzeild te raken. Je wilde alleen voor Binky komen. Borstelen, hoeven krabben, manen vlechten en even rijden. We hadden om elf uur afgesproken en je bent er nu al! Dat noem ik pure nieuwsgierigheid.'

'Het is wel fijn dat je er bent,' knikt Niels. 'We hebben dringend hulp nodig.'

Femke staart hen verbaasd aan, dan plooit zich een voorzichtig lachje in haar mondhoeken. 'Oké, ik geef het toe: ik ben nieuwsgierig. Maar vertel dan nu maar wat er aan de hand is.'

'We krijgen vandaag een sjeik op visite,' vertelt Liza op een toon alsof dat de normaalste zaak van de wereld is.

'Een sjeik?' Femke heeft het gevoel dat ze in de maling wordt genomen en kijkt het tweetal spottend aan. 'Maak dat de kat wijs!'

'Het is echt waar,' verzekert Liza.

'Welke?'

'Sjeik Abdul bin Salah van een oliestaat in de buurt van Saoedi-Arabië.'

'Dat geloof ik niet.'

Liza ploft op een stoel en wurmt haar voeten in haar schoenen. Ondertussen vertelt ze in geuren en kleuren over het telefoontje dat Sonja kreeg.

'Iemand van de ambassade?' mompelt Femke. 'Wat een raar verhaal! Wat moet een sjeik uit Saoedi-Arabië in Burchtwaarde?'

Niels haalt zijn schouders op. 'Dat weten wij ook niet.'

'Staat er iets over zijn bezoek in de krant?'

'Niet dat ik weet.'

'Geloof je dit zomaar?'

'Waarom niet?'

'Misschien is het een grap.'

'Loop maar mee naar het hotel, dan voel je de gekte! Er waart een zinderende opwinding door het hotel!' Niels praat als een showmaster die de spanning tijdens de uitslag van het prijzengala probeert op te voeren. 'Om half elf komt een lijfwacht het hotel inspecteren. Hij zal mijn ouders meer informatie geven.'

'Een sjeik in hotel De Oude Burcht?' mompelt Femke.

19

'Blijf je hier om ons te helpen?' vraagt Liza.

Femke aarzelt. Ze vertrouwt het niet helemaal. Halen ze nu een grap met haar uit of niet? 'Ik wil wel helpen, maar ik blijf het een vaag verhaal vinden.'

'De bladeren moeten van het terras geveegd, de paden aangeharkt en de ramen gewassen. Mijn ouders zullen blij zijn als je meehelpt. In het hotel heerst namelijk lichte paniek,' voegt Niels er met een brede grijns aan toe. 'En dat is heel zacht uitgedrukt.'

Het drietal loopt eerst naar het hotel om te vragen of ze binnen hulp kunnen gebruiken.

Maarten loopt rond als een kip zonder kop. Hij zegt dat er genoeg te doen is; ook de entree moet er keurig verzorgd uitzien. 'De binnenkomst bepaalt de eerste indruk. Die moet goed zijn.'

'Er liggen veel bladeren en de ramen zijn vies. Als jullie dat eerst willen doen. Daarna zien we wel.'

'Maarten!' Elles steekt haar hoofd om het hoekje van de deur. Ze wenkt hem.

'Wat nu weer?'

'Er heeft een journalist gebeld die allerlei vragen stelde over het bezoek van sjeik Abdul bin Salah.'

'Hoe weten ze dat wij die sjeik op bezoek krijgen?'

'Dat heb ik niet gevraagd. Ze willen weten wanneer de sjeik komt omdat ze een fotograaf willen sturen.'

'Je denkt toch niet dat die sjeik hier opgewacht wil worden door een horde journalisten en fotografen?'

'Wat had ik dan moeten zeggen?'

'Dat wij niets weten van een sjeik die op bezoek komt.'

'Je zei zelf dat alle publiciteit welkom is,' reageert Elles verontwaardigd en slaat de deur dicht.

'Ga eens wat doen,' commandeert Maarten chagrijnig. 'Je

weet waar de emmers en de bezems staan.'
'Maarten!' Elles staat even later weer in de deuropening van
het kantoor en houdt de telefoon omhoog. 'Iemand van een
andere krant. Wil jij dat even afhandelen?'
Met een gezicht dat op onweer staat, beent hij met grote pas-
sen naar haar toe.
'Wegwezen!' giechelt Liza.
'Wat een toestand,' mompelt Femke.
'Weet je zeker dat je wilt helpen?'
'Natuurlijk. Daarna gaan we wel naar Binky.'

Ze werken hard. En na drie kwartier ziet alles er pico bello
uit.
Er rijdt een zilvergrijze Mercedes met chauffeur de parkeer-
plaats op. Een grote man in een wit uniform stapt uit. Hij
praat met de chauffeur door het geopende raam en loopt dan
met een kaarsrechte rug naar de ingang.
'Pap! Mam! Er komt iemand aan!' Liza rent naar het kantoor
om haar ouders te waarschuwen.
'Nu al?' roept Elles geschrokken. 'Ik zie er niet uit. Mijn haar
staat alle kanten op! Waar is Sonja?'
'Bij de receptie.'
Elles tilt haar armen wanhopig omhoog. 'Waar is Maarten?
Hij zou in de buurt blijven.'
Liza holt naar een kast waar linnengoed bewaard wordt. Uit
een kast pakt ze een schortje en gaat terug naar haar moeder. 'Knoop dit maar om. Dan doe je alsof je een serveerster
bent. Voordat straks de sjeik komt heb je nog tijd genoeg om
andere kleren aan te doen en je haar te kammen.'
'Ben je gek... Ik sluit me op in het kantoor.' Ze duwt de deur
met twee handen dicht en draait de sleutel om.
Gierend van de lach verdwijnt het drietal door de achterdeur

naar buiten.

'We gaan naar Binky!' zegt Liza.

'Ik wil die sjeik Abdul bin Salah wel eens zien.'

'Ik ook. Maar voor je het weet, raak je in een avontuur verzeild en dat wil je niet,' waarschuwt Liza. 'Als we terugkomen, zitten hier misschien allerlei paparazzifotografen achter
de struiken verstopt. Je wilt toch rust?'

'Hoezo, rust? Heb ik dat gezegd?'

Liza geeft de andere helft van de Pony Friends een plagende
duw tegen haar schouder. 'Jij weet ook niet wat je wilt!'

HOOFDSTUK VIER

Ponymeisje!

'Wat ga jij doen?' Liza neemt haar broer afwachtend op.

'Met een telelens uit het dakraam van de villa hangen.'

'Nee, even serieus.'

'Uitrusten.'

'Waarom geef je niet normaal antwoord?'

'Dat was een normaal antwoord: uitrusten. Ik heb vakantie.'

'Blijf je in de buurt?'

'Natuurlijk! Ik wil niks missen van dit schouwspel.'

'Wil je ons waarschuwen als er iets bijzonders gebeurt?' Liza houdt haar telefoon omhoog.

'Tuurlijk. Ik bel zodra er hier iets gebeurt.'

Liza en Femke stappen op de fiets, nadat ze eerst een paar winterpenen voor Binky hebben opgehaald.

De meisjes kennen de bruine IJslander nog niet zo lang. Er was in Burchtwaarde een meisje dat na lang zeuren Binky mocht verzorgen. Ze vond het zielig dat de pony helemaal alleen in een afgelegen weiland stond. Reitze Stuivenvolt, de eigenaar, wilde liever geen mensen op zijn erf en verbood het meisje om er met anderen over te praten. Niemand mocht weten waar Binky stond. Het meisje heeft maar een paar weken voor Binky kunnen zorgen.

Liza heeft het meisje nooit gekend. Dit alles speelde zich af vlak voordat Liza Binky's bestaan ontdekte.*

Na de verhuizing voelde Liza zich niet thuis in Burchtwaarde. Ze was de 'nieuwe van groep acht' en dat vond ze niet leuk. Haar klasgenoten deden aardig, maar Liza merkte dat zij een buitenstaander bleef. Daarom wilde ze graag een huisdier om zich minder eenzaam te voelen. Met een hamster of wandelende takken nam ze geen genoegen. Ze wilde een hond of kat. Maar dat mocht niet, omdat dat misschien overlast in het hotel zou kunnen veroorzaken. Ze hing in de supermarkt een advertentie op waarin ze vroeg of iemand een verzorgpony voor haar had. Ze had totaal geen ervaring met het verzorgen van pony's. Maar ja, ze moest toch iets verzinnen. Op wonderlijke wijze is ze toen Binky op het spoor gekomen.

De eigenaar, Reitze Stuivenvolt, had de pony om een speciale reden aangeschaft. Wie die reden kent, beseft dat deze eenzame, verbitterde man een moeilijke tijd heeft doorgemaakt. Vanaf het moment dat Liza en Femke bijna iedere dag komen om voor Binky te zorgen, heeft zijn leven weer kleur gekregen. De twee meisjes weten als geen ander dat hij een hart van goud heeft.

Vanaf de zomer hebben ze een heleboel meegemaakt, waardoor de band met Binky versterkt is. Veel rijervaring hebben ze niet. Het gaat de Pony Friends vooral om het plezier dat ze met de eigenwijze IJslander hebben.

Femke heeft een paar maanden les gehad in de manege. Haar kennis geeft ze door aan Liza.

Lees Pony Friends deel 1: *De vergeten pony.*

Binky betekent alles voor deze twee meisjes. Wie aan Binky komt, komt aan de Pony Friends.

'Ik ben benieuwd hoe het zal gaan,' grijnst Liza als ze over het pad door het bos fietsen.

'Misschien wil de sjeik met zijn aanhang een boswandeling maken.'

'Dan organiseren we een landelijke picknick bij Stuivenvolt op het erf.'

'Hij zal hier wel voor zaken zijn,' meent Liza.

In een uitgelaten stemming slaan ze af. Het pad is smal en ze kunnen niet met z'n tweeën naast elkaar fietsen. Liza, die voorop rijdt, remt plotseling.

'Oen,' scheldt Femke. Ze springt snel van het zadel om een botsing te voorkomen.

'Kijk eens naar de grond.'

Femke kijkt naar de aangewezen plek en haalt laconiek haar schouders op. 'Hoefafdrukken.'

'Dat betekent dat hier een paard heeft gereden.'

'Dat mag toch?'

'Hier komt nooit iemand met een paard. Behalve wij.'

'Waar maak jij je druk om?'

'Ik vraag me af wie hier is geweest.'

'Helaas, er hangt hier geen bewakingscamera,' grapt Femke. Liza probeert te ontdekken welke route de ruiter met het paard heeft afgelegd. Het blijkt dat ze in de buurt van Binky's weiland zijn geweest. 'Kijk, daar hebben ze een tijd stilgestaan.' Liza wijst naar een inham tegenover het weiland, waar een heleboel afdrukken op een kleine plek te zien zijn.

'Daarvandaan kon het paard naar Binky kijken,' mompelt Femke ongeïnteresseerd. 'Waarom zouden andere ruiters niet naar deze afgelegen plek gaan? Het is hier lekker rustig.'

25

Binky staat achteraan in het weiland, met de rug naar hen toe.

Liza fluit hard op haar vingers. De pony tilt zijn hoofd omhoog, maar maakt geen aanstalten naar hen toe te lopen. Liza fluit opnieuw en roept zijn naam. Maar Binky blijft roerloos op zijn plek vlakbij de bosrand staan.

Liza en Femke lopen door het weiland naar de pony.

'Je ziet er niet uit!' roept Femke met opgetrokken neus.

'Heb je visite gehad van een leuk ponymeisje?' vraagt ze. 'Hebben jullie gestoeid? Je ziet er niet op je paasbest uit.'

Binky hinnikt.

'Hij laat ons het vuile werk opknappen,' moppert Femke. 'Eigenlijk hebben we herfstvakantie, maar door hem blijft er weinig vrije tijd over.' Ze laat haar rugzak op de grond glijden, slaat haar arm om Binky en kust hem op de hals. Met haar vingers woelt ze door de manen.

'Pas op,' waarschuwt Liza als ze ziet dat Binky de wortels in Femkes tas ruikt.

'Slimme sloeber!' Femke grist de rugzak van de grond en brengt hem naar het prachtige clubhuis.

De ene helft is voor Binky bestemd. Hij heeft er een ruime stal. Het andere deel wordt voor de opslag van biks, stro en hooi gebruikt. Het zadel en het hoofdstel hangen keurig over een balk en op de planken aan de muur liggen de caps en staan boxen waarin borstels en andere spullen worden opgeruimd. Verder is er een piepklein keukentje. Via de steile trap kom je op de clubzolder van de Pony Friends. Die zolder hebben ze gezellig ingericht met tweedehands meubeltjes. Het is een geweldige plek!

Femke pakt de borstels en werpt een snelle blik in de stal.

'Shit. Die moet uitgemest worden,' merkt ze met een zucht op. 'Hij is de laatste tijd veel binnen geweest.'

'Binky, blijf maar lekker buiten! Anders word je een kasplantje. Jouw soortgenoten zijn gewend aan de kou op IJsland. Gedraag je als een echte IJslander! Zoek maar beschutting langs de struiken. Dan bespaar je ons veel werk.'

Ze zetten Binky vast en borstelen hem.

'Binky is anders dan anders,' vindt Liza.

'Ja, onrustiger,' beaamt Femke.

'Hij kijkt steeds richting het bos.'

'Naar de Peelderpoel,' fluistert Femke met een griezelige stem.

'Zou hij iets zien wat wij niet zien?'

Femke haalt haar schouders op.

Na een minuut of tien is Binky's vacht grondig schoongeborsteld en lijkt de pony rustiger.

Ondertussen vragen de meisjes zich af of de totale paniek in hotel De Oude Burcht al heeft toegeslagen.

'Mijn ouders willen een goede indruk maken, dus alles moet perfect zijn.'

'Meestal gaat er dan van alles mis.'

'Ja, maar hopelijk nu niet.'

Liza kamt de staart van Binky, Femke de manen.

'Zullen we straks zonder zadel rijden?'

Liza twijfelt. 'Ik heb geen goede zit en ben snel uit balans.'

'Als je zonder zadel rijdt, leer je volgens mij sneller en beter in balans te rijden.'

'Ik zie wel.' Ze doet een paar stappen naar achter en bekijkt Binky. 'Je ziet er keurig uit.'

'Laat sjeik Abdul bin Salah maar komen. Onze IJslandse volbloed is er klaar voor.'

Liza kijkt op haar horloge. Het is iets over twaalven.

'Mijn ouders weten nu vast wel wanneer de sjeik komt. Ik vind het wel spannend en het werkt tegelijkertijd op mijn lachspieren. Het blijft een raar idee dat een sjeik naar ons hotel komt.'

'Misschien heeft hij zijn kamelen in een aanhanger bij zich.' Ze proesten het uit.

Binky tilt met een ruk zijn hoofd op en draait zijn oren richting het bos.

Liza fronst haar voorhoofd. 'Wat is er, Binky?'

'Hij hoort iets.'

De meisjes luisteren met ingehouden adem. In de verte klinkt het hinniken van een paard.

'Het ponymeisje roept,' giechelt Liza. 'Binky is verliefd! Eigenlijk zouden we even moet gaan kijken...'

'Ik niet,' antwoordt Femke vastberaden. Ze geeft een speelse klap op Binky's achterste. 'Ik wil rijden.'

HOOFDSTUK VIJF

Griezelig

'Ik wil deze vakantie nog een keer naar de IJslanders van Desirée Hogendijk,' kondigt Liza aan. 'Ik mis Einar en Brynja een beetje.'
'Ik ook,' mompelt Femke. 'Volgende week begint meteen de toetsweek. Dus dan heb ik weer andere dingen te doen.'
Femke zit in de brugklas van het voortgezet onderwijs. Daardoor is het voor haar wel eens lastig om tijd voor Binky vrij te maken. Ze heeft elke dag huiswerk. De ene keer moet ze een toets leren, een andere keer een werkstuk of verslag maken. Ze waarschuwt Liza voortdurend. 'Geniet van de rustige tijd op de basisschool. Je hoeft er helemaal niks te doen. Wanneer je gepromoveerd bent tot brugpieper, dan is die mooie tijd voorbij.'
Liza lacht erom. Het voortgezet onderwijs lijkt haar leuker dan de basisschool. Voor elk vak een andere docent en een ander lokaal. Dat kan toch niet saai zijn?!
'Ik heb nog een heleboel vragen voor Desirée.' Liza laat haar hand over Binky's hoofd, hals en rug glijden. 'Het was bijzonder om te zien hoe ze met de twee IJslanders omging. Zo wil ik dat ook.'

Toen de meisjes Desirée Hogendijk ontmoetten, ging er een wereld voor hen open.* Desirée, die aan de andere kant van Burchtwaarde woont, heeft de meisjes verteld over het bestaan van Terra Natura. Dat is een soort school die mensen leert hoe je met paarden kunt communiceren. Ze geven cursussen en trainingen om natuurlijk en bewust paard te rijden. Het communiceren met paarden staat op de eerste plaats. Hun werkwijze, de manier van omgang met paarden, is gebaseerd op de natuurlijke lichaamstaal van paarden. Paarden communiceren onderling met elkaar zonder halster en teugels. Waarom zou de mens zich deze taal dan niet eigen kunnen maken? De mensen van Terra Natura zeggen dat de band tussen ruiter en paard dieper en intenser kan worden wanneer je voor het paard begrijpelijk wordt en het paard beter snapt wat jij bedoelt. Het gaat erom dat de ruiter zich moet ontwikkelen en zich de paardentaal eigen moet maken, in plaats van dat de paarden gedwongen worden zich onze 'taal' eigen te maken.

Bij de traditionele manier van paardrijden wordt het paard veel meer beschouwd als een 'ding' dat moet doen wat de ruiter zegt. De paarden leren te reageren op signalen zoals 'de hakken in de buik', dat betekent 'voorwaarts'. Dit is geen natuurlijke lichaamstaal, maar zo wordt het een paard wel aangeleerd. Vaak gaat het niet om de band tussen ruiter en paard, maar alleen om de ruiter.

Er wordt veel gewerkt vanuit 'traditie'. Bijvoorbeeld: links opstappen, omdat vroeger aan de rechterkant het zwaard hing. Bij het traditionele rijden staat controle en aanleren op de voorgrond in plaats van contact en communicatie.

De meisjes begrepen al snel dat het inderdaad een heel andere

*Lees Pony Friends deel 9: *Pony's in gevaar!*

manier van omgaan met paarden is. Eigenlijk is het voor een paard niet leuk om een bit in de mond te hebben of door een zweep of een paar hakken in de buik aangespoord te worden om voorwaarts te gaan. Een paard is heel gevoelig. Je kunt dat zien als een vlieg op de buik van een paard neerstrijkt. Het paard reageert direct.

Liza en Femke willen graag proberen om op een andere manier met Binky om te gaan. Maar hoe doe je dat? Hoe leer je Binky's taal beter begrijpen en hoe kan Binky leren de meisjes beter te begrijpen?

Desirée vertelde dat het in het begin moeilijk is. 'Het is een proces. Ruiter en paard moeten zelf ontdekken hoe ze het best met elkaar kunnen communiceren. Je moet gewoon beginnen en het proberen.'

Het is vanzelfsprekend dat je dan goed naar paarden en hun onderling gedrag kijkt. Daar kun je veel van leren.

Ze hebben gelachen toen Desirée toegaf het zelf ook moeilijk te vinden om het paard uit te nodigen om links, rechts of voorwaarts te gaan. Brynja of Einar begrijpen haar meestal niet en staan dan minutenlang doodstil in de bak. Dat is soms frustrerend, maar het hoort bij het leerproces.

'Zal ik dan maar…?' Femke kijkt Binky smekend aan. 'Lieve IJslandse pony Binky. Ik wil graag samen met jou door het weiland rijden. Wat denk je? Heb jij daar ook zin in?'

Binky's oren draaien heen en weer. Femkes woorden lijken weinig indruk op hem te maken.

'Binky, als we samen willen rijden, moeten we aandacht voor elkaar hebben. Begrijp je dat?'

'Hij denkt aan dat aardige ponymeisje,' giechelt Liza.

'Binky heeft geen zin.'

'Hij is afgeleid.' Liza maakt van haar handen een opstapje. 'Probeer het maar.'

Femke schudt haar hoofd. 'Binky blijft onrustig. Dat vertrouw ik niet. We kunnen beter eerst wat grondwerk doen.'
'Huh? 'Wat bedoel je?' Liza kijkt haar vriendin verbaasd aan.
'Logisch nadenken!' Femke wijst grijnzend naar de zijkant van haar hoofd. 'Grondwerk is alles wat je met je paard doet als je er niet op zit. Je staat op de grond en communiceert met het paard. Dat kun je op twee manieren doen. Het paard leiden aan een touw of zonder touw.'
'In de stal ligt een lang touw.' Liza haalt het op.
'Het zou natuurlijk leuk zijn als hij zonder touw met mij mee loopt. Dat wil ik eerst proberen.'
Femke gaat twee meter voor Binky staan en maakt een uitnodigend gebaar naar rechts met haar arm, om aan te geven dat ze die kant op wil. Er gebeurt niets. Femke kijkt een paar keer achterom en herhaalt het gebaar. 'Dat schiet niet op,' moppert ze.
'Het interesseert hem niet. Hij heeft geen aandacht voor jou!'
Femke draait zich om en valt voor Binky op haar knieën. 'Wil je alsjeblieft met me mee lopen, Binky?'
Uit het bos klinkt gehinnik.
'Aha!' Liza wijst naar het bos. 'Het geheimzinnige ponymeisje probeert hem naar de Peelderpoel te lokken.'
Femke gaat op haar tenen staan en tuurt over de struiken naar de Peelderpoel. 'Ik zie niets.'
'Er is wel iemand. Dat is duidelijk.'
Op de dag dat Liza voor het eerst van haar leven in Burchtwaarde kwam, ontdekte ze het kleine meertje in het bos. Ze vond het er sprookjesachtig uitzien tussen de bomen en rietpollen. Het was een wonderlijke plek, waar je kon voelen dat er dingen gebeuren die niet zichtbaar zijn. Later hoorde ze

verhalen over geneeskrachtig water, mysterieuze verdwijningen en geesten die er nog zouden ronddolen. Toen moest ze er om lachen, maar nu niet meer. Ze heeft een aantal dingen meegemaakt die ze niet kan verklaren. Dat is de reden dat ze liever niet te dicht bij de poel komt.

'Wil je gaan kijken?'

Liza trekt een grimas. 'Liever niet. Maar het is misschien goed om te weten door welk paard onze Binky wordt afgeleid.'

Binky loopt doodgemoedereerd naar de zijkant van de stal. Opeens zakt hij door zijn benen en rolt heerlijk heen en weer door een halfopgedroogde modderplas.

'Bink! Heb je niks beters te doen!' roept Femke verontwaardigd.

Liza grinnikt zachtjes, maar blijft ondertussen naar het bos kijken. Eigenlijk heeft ze geen zin om naar de Peelderpoel te gaan. Het verhaal over de ronddolende geest van jonkvrouw Camilla Waerdenburgh zit nog vers in haar geheugen. Stel dat het waar is! Stel dat geesten bestaan!

'Niet bang zijn,' mompelt Femke als ze over het hek klimt. 'Er is daar ergens een ruiter met een paard.'

'Ik help het je hopen.'

Ze lopen dwars door het bos, dat op verschillende plaatsen bijna ondoordringbaar is. Als ze de bosvijver naderen, ontdekt Liza vreemde sporen. Alsof er een breed voorwerp over de grond gesleept is. 'Vreemd,' mompelt Femke.

Plotseling worden de meisjes opgeschrikt door Liza's telefoon. Het is Sonja!

'Ben je bij Binky?' tettert Sonja in haar oor. 'We hebben een groot probleem in het hotel. Twee mensen van de bediening liggen met koorts in bed en een ander zit in België. We hebben te weinig mensen voor de bediening. Ik probeer Reitze al te bereiken. Hij neemt niet op. Zou je naar hem toe willen gaan en vragen of hij meteen contact met ons wil opnemen? Het dreigt uit de hand te lopen. Bedankt.'

Verbijsterd staart Liza naar de telefoon. Sonja heeft opgehangen, zonder een reactie af te wachten.

'We moeten meteen naar Stuivenvolt,' zegt Liza.

Voordat ze omkeren, kijken ze nog eens goed om zich heen. Er is niets dat op de aanwezigheid van een ruiter met paard duidt. Dat is merkwaardig.

Een paar seconden staan ze zwijgend naast elkaar.

'We hebben toch allebei een paard horen hinniken?' Femke kijkt haar vriendin verwonderd aan.

'Zeker weten.'

'Mm... griezelig,' fluistert Femke.

HOOFDSTUK ZES

Peelderpoelse klopgeest

Liza en Femke rennen zo snel ze kunnen naar de boerderij. Binky, die op de smalle strook gras tussen het hek en de stal staat, kijkt even naar de meisjes. Dan richt hij zijn aandacht op een punt ergens in het bos.

'Zal ik in de melkstal kijken?' hijgt Femke.

'Om deze tijd melkt hij niet.' Liza wijst naar de boerderij. 'Hij is thuis of met zijn tractor weg.'

'Hij heeft toch een mobieltje?'

'Hij is niet zo handig met dat ding.'

Ze lopen langs het keukenraam. Liza tuurt naar binnen. Op tafel staat een thermoskan. Daarnaast staan een suikerpot, een beker, een fles koffiemelk en een ouderwetse koektrommel. Stuivenvolt zit niet bij de tafel. Liza tikt tegen het raam. Er komt geen reactie.

Femke klopt op de deur en wacht. Ze schudt haar hoofd en maakt een gebaar naar de oude loods waar materiaal opgeslagen wordt. Maar daar is Stuivenvolt ook niet.

'Dan weet ik het niet,' zucht Femke.

Liza loopt naar de andere kant van de oude boerderij. Ze weet dat hij daar een tuintje heeft.

'Kijk, daar is hij!' juicht ze.

Stuivenvolt draait zich verbaasd om. 'Zoeken jullie mij?'

'Ja, het is dringend.' Liza loopt over een smal paadje naar hem toe. 'Sonja probeert u te bereiken.'

'Sonja?' vraagt hij verrast. 'Wat leuk.'

'Nou ja, ze klonk nogal paniekerig.'

Stuivenvolt laat de schoffel los en zoekt in de zakken van zijn overall en bodywarmer. Uiteindelijk vindt hij zijn mobiele telefoon in de borstzak van zijn overall. Fronsend bestudeert hij alle knopjes en drukt twee maal de verkeerde in.

'Deze moet je indrukken,' wijst Liza. 'Die knop met dat rode kleurtje.'

Hij knikt en drukt de toets in. Uit de zak van zijn overall haalt hij een smoezelig dubbelgevouwen papiertje waarop de pincode van zijn mobiele telefoon staat. Liza en Femke glimlachen naar elkaar, zonder dat hij het merkt.

'Ik moet haar terugbellen?' Hij twijfelt.

De twee meiden knikken.

Plotseling begint hij te lachen. 'Ik weet dat jullie vreselijk nieuwsgierig zijn, maar ik wil ongestoord met haar kunnen bellen.'

'Sorry.' Liza draait zich om en loopt gniffelend met Femke weg.

Een eindje verderop blijven ze staan en werpen heimelijke blikken naar Stuivenvolt, die met zijn rug naar de meisjes staat.

Sonja is een goedlachse vrouw die al heel wat jaren in het hotel werkt. Toen de ouders van Liza De Oude Burcht kochten, is zij als personeelslid gebleven. Sonja is bij iedereen geliefd. Ze is het rustpunt tijdens hectische momenten en biedt altijd een luisterend oor. Ze is mollig en ziet er mooi uit. Dat komt omdat ze veel lacht, waardoor haar ogen stralen.

36

Net als Reitze Stuivenvolt heeft Sonja weinig geluk in de liefde gehad. Sonja is nooit getrouwd geweest, Stuivenvolt is gescheiden. Zijn dochter Anne-Linde woont met haar moeder op een onbekend adres ergens in het buitenland. Hij heeft geen contact met haar, omdat zijn ex-vrouw niet wil dat zij haar vader ontmoet. Door al die narigheden verloor hij zijn vertrouwen in de mensen. Een nieuwe relatie is wel het laatste waar hij aan denkt. Door de Pony Friends leerde hij Sonja kennen en hij moet toegeven: Sonja is een leuke, lieve, hartelijke, spontane vrouw waar je wel van moet houden, of je wilt of niet.

Sonja kende de verhalen over deze zonderlinge man, die zich met niemand bemoeide. Toen ze hem ontmoette, besefte ze dat het een bijzondere man was, die ondanks zijn grote gebogen neus en zijn warrige bos haar een lief gezicht heeft.

Hoewel ze elkaar aardig vinden, durft geen van beiden de stap te zetten om op te biechten verliefd te zijn op elkaar. Liza en Femke proberen alles om de toenadering te versnellen, maar dat lukt niet echt. Mensen zijn onzeker als ze verliefd zijn.

'Dat meen je niet!' roept Stuivenvolt verbijsterd uit. 'Dat kan ik helemaal niet.'

Liza en Femke schieten in de lach. Stuivenvolt kijkt wrevelig achterom. 'Lach niet!' zegt hij. 'Weet je wat ze vraagt?'

'Nee!' antwoorden de meisjes in koor.

'Of ik nu naar het hotel wil komen, verkleed als butler, om een gezelschap te ontvangen.'

'Als butler?' herhaalt Liza met grote ogen.

Voordat Stuivenvolt daar nog iets aan toe kan voegen, liggen Liza en Femke in een deuk.

'Je hoort het,' gaat Stuivenvolt verder. 'Liza en Femke vinden het net als ik geen geschikt plan. Sonja, je weet toch dat ik niet met een dienblad tussen tafeltjes door kan lopen. Dat wordt een ramp. Daar help ik de familie Lienhout niet mee.'

'Gewoon doen!' roept Liza.

'Waarom zou ik...'

'Meneer Stuivenvolt, kom op! Er kan niet veel misgaan.'

'Niet veel misgaan...' herhaalt hij stamelend. 'Alles kan misgaan!'

Sonja doet een laatste poging om Stuivenvolt over te halen een helpende hand te bieden. 'Er komt een sjeik uit het Midden-Oosten...'

'Al komt er een "kamelenkoning" uit de rimboe op bezoek! Daarom hoef ik toch niet zo'n apenpak aan?' onderbreekt hij haar spottend.

'Reitze, alsjeblieft. Drie personeelsleden zijn afwezig. Alsjeblieft, help ons uit de brand. Als je het doet, ga ik een keer met je uit eten.'

Stuivenvolt klakt met zijn tong. 'Dat aanbod kan ik niet afslaan,' antwoordt hij droogjes.

'Je doet het!' juicht Sonja.

'Ja. Maar ik wil uiterlijk om half vijf terug zijn voor het vee. Ik moet melken. Uit voorzorg zal ik regelen dat er iemand komt...'

Verbijsterd staart Stuivenvolt naar de telefoon in zijn hand. 'Ze heeft opgehangen.'

'Zo zijn vrouwen,' giechelt Liza.

Stuivenvolt laat de telefoon in zijn zak glijden en wrijft zenuwachtig in zijn handen. Hij kijkt de meisjes aan en lacht. 'Ik heb het gevoel dat ik een verkeerde beslissing heb genomen. Ik struikel over mijn eigen voeten en heb een slecht evenwichtsgevoel als ik met dienbladen rond moet lopen. Maar Sonja heeft beloofd dat ze met me uit eten gaat.'

'Sonja is niet te weerstaan,' knikt Liza. 'Dat wordt een gezellige avond.'

Stuivenvolt staart dromerig over zijn land en lijkt zich plotseling te realiseren dat hij moet opschieten. 'Ik word binnen een kwartier verwacht.' Hij loopt haastig langs de meisjes naar de boerderij.

'Je moet je eerst scheren,' giechelt Femke.

'En een andere naam bedenken. Wat vind je van James of George?'

Reitze blijft verbouwereerd staan. 'Is mijn eigen naam niet goed?'

'Voor de butler van het chique hotel kan de naam Reitze niet. Zullen we je de komende uren butler George noemen?'

'Mij best.'

De meisjes lopen achter hem aan. Als hij het huis binnengaat, draait hij zich plotseling om. 'Heb ik dat goed gehoord? Komt er een sjeik?'

'Ja.'

'Een sjeik?'

'Ja, een echte sjeik! Erewoord.' Liza legt nadrukkelijk haar hand op haar hart. 'Wij weten het ook nog maar sinds een paar uur.'

'Wat doet een sjeik in Burchtwaarde?'

'Ga je nu maar scheren!' Femke gebaart dat hij naar binnen moet gaan.

Liza's telefoon gaat. Het is Niels.

'Over anderhalf uur wordt de sjeik verwacht. Of jullie willen komen,' zegt hij.

Dat willen ze! Voor Binky is het niet leuk dat ze zo snel weer gaan. Femke belooft de bruine IJslander dat ze aan het eind van de middag terug zullen komen. Als troost krijgt Binky een dikke winterwortel.

Ze wachten bij het hek op Stuivenvolt en fietsen met z'n drieen door het bos naar het hotel.

Liza fietst plotseling langzamer. 'Horen jullie dat?'

Stuivenvolt draait zijn hoofd naar achteren. 'Er is iemand aan het timmeren.'

'In het bos?'

Hij haalt zijn schouders op.

'Dat is toch raar?'

'Misschien bouwen kinderen een boomhut,' oppert Stuivenvolt.

'Dat lijkt mij onwaarschijnlijk.'

'Dan vrees ik dat we met de beroemde Peelderpoelse klopgeest te maken hebben,' antwoordt hij droogjes.

HOOFDSTUK ZEVEN

Ongewenst bezoek

'Ik weet zeker dat er iets geheimzinnigs in het bos gebeurt,' fluistert Liza.

'Je moet er niet steeds aan denken!' valt Femke uit. 'Daar word je alleen maar bang van.'

'Het is toch vreemd dat iemand midden in het bos aan het timmeren is? Dat doe je toch niet zomaar? Daar moet een reden voor zijn...'

'Als jij dat wilt uitzoeken, moet je dat doen. Ik houd je niet tegen.'

Liza klemt haar kaken op elkaar.

Stuivenvolt kijkt achterom. 'Wat zeg je?'

'Niets.' Femke geeft Liza een duw tegen haar arm. 'Denk aan anderen dingen. Niet aan getimmer bij de Peelderpoel.'

'Kunnen jullie me bijhouden?' roept Stuivenvolt als hij ziet dat de meisjes zeker vijftig meter achter hem fietsen.

'Jij hebt haast,' plaagt Femke.

Liza staart nors voor zich uit. Ze vindt Femkes reactie niet leuk. Er is iets aan de hand in het bos.

Maar Femke heeft gelijk; ze moet er niet steeds aan denken, want daar word je alleen maar angstig van. Alleen vergeet

Femke dat de plek waar de geluiden vandaan komen niet ver van Binky's weiland is. Als ze naar Binky gaat, wil ze zich veilig voelen. Stel je voor dat iemand zich in de buurt van Binky's weiland schuilhoudt... En waar is het paard met de ruiter gebleven? Opgelost in het niets?

'Wat een giller,' grinnikt Femke. 'Stuivenvolt die benoemd is tot butler van hotel De Oude Burcht! Dit wordt een té gekke middag.'

Stuivenvolt stapt verbaasd van zijn fiets. 'Krijg nou wat.' Hij kijkt naar twee fotografen en een cameraman die zich met klapstoeltjes achter een paar struiken hebben opgesteld.

'Paparazzi,' giechelt Femke.

'Niet te geloven,' mompelt Liza.

Ze beseffen dat de gevolgen van de komst van deze sjeik groot zijn. Heel Burchtwaarde lijkt in rep en roer. Wie heeft de pers ingelicht over de onverwachte komst van de sjeik naar Burchtwaarde? Iemand van het personeel?

Stuivenvolt loopt met zijn fiets aan de hand naar de drie mannen toe.

'Goedemiddag, heren,' groet hij vriendelijk. 'Verwachten jullie onze minister-president?'

De mannen lachen. Een van hen vertelt dat het gerucht gaat dat er een rijke sjeik uit Saoedi-Arabië naar het hotel komt.

'Dat geloof je toch niet.' Stuivenvolt trekt een ongelovig gezicht. 'Een sjeik?'

Een lange, magere man, die een grote fotocamera om zijn nek heeft hangen, trekt een schrijfblok uit de tas die naast hem op de grond staat en leest voor.

'Sjeik Abdul bin Salah.'

'Sjeik Abdul bin Salah?' herhaalt Femke verbaasd. Ze draait zich om naar Liza. 'Is dat niet die man die kamelen fokt?'

'Geen kamelen, maar Arabische volbloeden!' corrigeert Liza.

'Ik heb geen tijd gehad om alles op internet na te zoeken,' verontschuldigt de fotograaf zich. 'Het zou zomaar kunnen. Arabische volbloeden zijn prachtige paarden.'

'Wij hebben er ook één,' liegt Femke. 'Een IJslandse volbloed.'

Lachend fietsen ze verder naar het hotel. Liza's humeur wordt al weer wat beter.

Femke bedenkt een plan. 'U zou straks als butler naar de fotografen moeten gaan en ze van alles wijsmaken.'

'Zoals?' vraagt Stuivenvolt met uitgestreken gezicht.

'Dat sjeik Abdul bin Salah speciaal met zijn privé-jet naar Nederland is gekomen vanwege de uitstekende keuken en goede bediening van dit hotel. Dat hij op allerlei plaatsen in de wereld is geweest, maar nergens zo goed werd ontvangen als in hotel De Oude Burcht door butler George.'

'Ik heb het zweet nu al op mijn voorhoofd staan,' verklapt Stuivenvolt. 'Ik weet niet eens wat een butler behoort te doen.'

'Dat wordt lachen!' grijnst Liza.

'Joehoe!' Sonja heeft de deuren opengezet en staat op het bordes. Ze zwaait met haar armen heen en weer.

'Het ontvangstcomité staat al klaar!' schatert Liza.

'Denk je?' Stuivenvolt kijkt de meisjes vragend aan. 'Volgens mij moet ze ons hebben.'

'Ons?' plaagt Liza. 'U!'

'Haha, wat ben je grappig.'

'Kom eens!' roept Sonja ongeduldig.

Het drietal zet de fietsen snel tegen de coniferenhaag en loopt over het verlaten terras naar het bordes.

'Reitze, het is geweldig dat je wilt helpen. Je mag hier op het

43

bordes de gasten verwelkomen.'
'Ik heb al een stoomcursus Arabisch gedaan,' grinnikt Stuivenvolt. 'De taal is geen probleem.'
'Echt waar? Kun je Arabisch spreken?'
'Je moet niet alles geloven wat hij zegt,' giechelt Liza. 'Hij wil indruk op jou maken. Hoe is het? Verloopt alles volgens schema?'
Sonja kijkt op haar horloge. 'Over een uur verwachten we het gezelschap. De groep bestaat uit zes mensen, waaronder twee bodyguards en een prins.'
'Een prins?' vraagt Liza.
'De zoon van sjeik Abdul bin Salah.'
'Wow! We vallen met onze neus in de boter,' zegt Femke.
'Ik dacht dat jij op Niels...'
'Mond houden,' sist Femke.
'De zoon van de sjeik houdt van paardrijden. We kregen het verzoek of we ervoor kunnen zorgen dat er een paard in de nabijheid van het hotel staat. Ik dacht meteen aan Binky. Zou de pony hiernaartoe gebracht kunnen worden?'
'Binky?' Liza kijkt haar verwonderd aan. 'Hoe oud is die zoon?'
'Dat weet ik niet.'
'Hij kan wel twintig zijn,' oppert Liza.
'Een volwassene kan op een IJslander rijden,' zegt Stuivenvolt.
'Je vindt het geen bezwaar?'
Stuivenvolt schudt zijn hoofd. 'Waarom zou ik?'
'Ik vind het niet leuk als een ander op Binky rijdt,' zegt Liza zacht. 'We weten niet hoe hij met Binky omgaat.'
'Sonja!' roept iemand met overslaande stem uit de keuken.
'Ik kom eraan!' antwoordt Sonja en richt zich tot Liza en Femke. 'Wat doen we?'

44

'Rijke mensen worden altijd op hun wenken bediend,' moppert Liza.

'Alsjeblieft, doe niet zo negatief. Misschien wil die prins hem alleen maar verzorgen.' Sonja tikt met haar vinger op het glas van haar horloge. 'Jongens, nu beslissen. Als Binky hiernaartoe mag, dan moet hij zo snel mogelijk gebracht worden.'

'Hoe?' Liza kijkt Femke aarzelend aan.

'Lopend,' lacht Sonja.

'We gaan op mijn fiets terug en dan rijd jij Binky door het bos naar het hotel.'

'Niet vergeten om de cap op te doen,' zegt Stuivenvolt.

Liza wil nog een heleboel zeggen, maar ze klemt haar kaken op elkaar. Ze vindt het maar niks om Binky als kermisattractie voor een of andere prins op te moeten halen.

'Ga jij met mij mee?' vraagt Sonja aan Stuivenvolt. 'Dan kun je je omkleden en krijg je instructies.'

Stuivenvolt voelt zich opgelaten als hij achter Sonja het hotel binnenstapt.

De meisjes verdwijnen over het pad achter de bomen.

Onderweg zegt Liza geen woord.

'Liza, niet zo moeilijk doen.' Femke klinkt geërgerd. 'Het is hartstikke gezellig dat Binky een middag naast het hotel staat.'

'Dat is waar,' geeft ze toe.

'We zetten hem op het gazon naast het terras.'

Er valt Liza iets op wanneer ze bij het weiland aankomen. Ze springt van de fiets en loopt aarzelend naar het hek.

'Heb jij de deur van de stal opengelaten?' vraagt ze zacht.

Femke tuurt naar het clubhuis en ziet dat de achterste deur wagenwijd openstaat. Verbaasd schudt ze haar hoofd. 'Die was dicht toen we weggingen.'

Binky staat aan de andere kant van het weiland. De meisjes

bekijken de pony. Hij is nog steeds erg onrustig.
'Zouden we ongewenst bezoek hebben gehad?' vraagt Liza.
'Wat doen we?' fluistert Femke. 'Kijken of er iemand binnen is?'
'Durf jij?'

HOOFDSTUK ACHT

Verkeerd geteld!

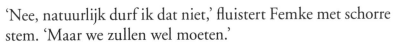

'Nee, natuurlijk durf ik dat niet,' fluistert Femke met schorre stem. 'Maar we zullen wel moeten.'
'Misschien is de deur door de wind open gewaaid.'
Femke schudt haar hoofd. 'Er is iemand geweest.'
'Dat zei ik toch?'
'Wat?' Femke schokt met haar schouders.
'Dat geluid bij de Peelderpoel.'
'Dat was een bosarbeider!' onderbreekt Femke onverschillig.
'We hoorden een paard, en we zagen sporen. Maar het paard en de ruiter zijn verdwenen.'
'Daar is vast wel een logische verklaring voor,' meent Femke.
'Ik bedoel...' Liza maakt een hoofdbeweging naar het clubhuis. 'Die persoon die in het bos was, is waarschijnlijk ook in ons clubhuis geweest.'
'Ik weet niet of er een verband is.' Femke zet haar voet op de onderste plank van het hek en wacht op Liza. 'We moeten dicht bij elkaar blijven.'
Liza houdt haar telefoon in de hand. Als er iets gebeurt, kan

ze direct bellen. Haar ademhaling gaat onregelmatig. Binky komt langzaam hun richting op gelopen.

'Het voelt veiliger als hij bij ons is,' fluistert Liza. Femke knikt en lokt Binky naar zich toe. Anderhalve minuut staan ze midden in het weiland, naast elkaar. Binky heeft geen haast. Hij stopt af en toe om te grazen.

Het tweetal houdt het clubhuis nauwlettend in de gaten en durft niet met elkaar te praten.

Als Binky dichtbij is, klakt Liza zacht met haar tong. 'Kom,' mompelt ze. 'Kom, Binky.'

Binky voelt de spanning. Hij spert zijn neusgaten wijd open en maakt een zacht geluid. Dan loopt hij achter de meisjes aan richting het clubhuis.

'Zal ik vragen of er iemand is?' fluistert Femke.

Liza schudt haar hoofd.

Ze staan bij het achterste deel van het clubhuis. De deur staat wagenwijd open. Met ingehouden adem turen ze naar binnen. Er is niets te zien. Alles staat op zijn plek. Ze kijken elkaar even aan voor ze naar binnen gaan.

'Jij eerst,' fluistert Femke.

Liza stapt naar binnen. De houten vloer kraakt onder haar voeten. Met een gejaagde blik kijkt ze over haar schouders, om er zeker van te zijn dat Femke haar volgt. Op haar tenen sluipt ze naar de smalle trap en klemt haar hand om de leuning. Ze wacht tot Femke bij haar staat, stapt op de onderste tree en rekt zich uit. Ze probeert door het trapgat naar de zolder te kijken, maar kan niets zien. Met trillende handen klimt ze drie treden hoger.

Plotseling klinkt er een harde dreun. Liza en Femke gillen en staren geschrokken naar de deuropening. Na een doodse stilte, die zeker vijf tellen duurt, barsten de meisjes in een zenuwachtig lachen uit.

Binky staat met twee benen binnen en kijkt met grote onschuldige ogen in het rond. Alsof hij zeggen wil: 'Ik weet heus wel dat ik niet in het voorraadhok mag komen, maar vandaag maken jullie vast wel een uitzondering? Is het goed dat ik doorloop?' 'Ksjt.' Femke stuurt hem naar buiten. 'Ksjt.' Binky stapt weer naar achteren, maar blijft pontificaal voor de deuropening staan.

'Ik schrok me rot,' mompelt Liza.

'Ik dacht dat het de Peelderpoelse klopgeest was,' grijnst Femke. Ze duwt Liza zachtjes opzij en gaat naar boven. Ze steekt haar hoofd door het luik en laat haar blik over de zolder glijden. 'Is hier iemand?'

Het blijft stil.

'Loop maar door,' zegt Liza dapper.

Als ze beiden op zolder zijn, voeren ze een snelle inspectie uit. Ze kijken achter de gordijnen, de grote staande klok, de meubels en in de kast.

'Niemand.'

'De vogel is gevlogen,' beaamt Liza glimlachend, maar ze is er niet gerust op.

Femke denkt dat er niemand geweest is. 'Kom, we moeten opschieten met Binky.'

Liza loopt als eerste naar de trap. Binky staat met een trouwe blik in zijn ogen voor de deur te wachten.

De meisjes vinden het geweldig dat hij zich niet heeft laten verleiden tot het stiekem knabbelen aan een hooibaal.

'Als beloning krijg je een handvol biks,' belooft Liza.

Luid smakkend werkt Binky de brokjes naar binnen.

Liza zadelt Binky met behulp van Femke op.

Femke haakt de blauwe voerbak aan haar bagagedrager en vult een plastic tas voor de helft met biks.

Ze kijkt een paar keer naar de voorraad. 'Ik mis een zak,' mompelt ze in gedachten.

'Stuivenvolt heeft vorige week nog een paar zakken besteld,' herinnert Liza zich.

'Dat klopt.' Ze telt de voorraad. 'Dat spul kan niet zo snel opgegaan zijn.'

Femke haalt haar schouders op. 'Wil jij op Binky rijden?'

'Yes!' Liza's ogen dwalen langs de rietkraag van de Peelderpoel.

Femke ziet haar kijken. 'Geen aandacht aan schenken.'

'Ik heb het gevoel dat...'

'Niet aan denken. Want dan krijg je allerlei enge beelden in je hoofd.'

Samen maken ze alles in orde voor de terugreis naar het hotel. Binky heeft er blijkbaar zin in, want hij werkt volledig mee. Liza pakt haar cap. Voordat ze naar buiten wil gaan, draait ze zich om en kijkt nog eens goed om zich heen.

'Is er iets?' vraagt Femke vanuit de deuropening.

'Gisteravond heb ik een zak biks opengemaakt.' Ze kijkt Femke peinzend aan. 'Dat weet ik zeker. Ik heb toen de schaar gebruikt.'

'Ik heb net een nieuwe zak opengemaakt.'

Liza loopt langs de voorraad, verschuift een aantal dingen en schudt het hoofd. 'Er zouden nu dus twee opengemaakte zakken moeten staan waar iets uitgehaald is.'

'Zou Stuivenvolt een zak mee naar de boerderij hebben genomen?'

'Waarom zou hij dat doen?'

'Dan is er een zak verdwenen,' constateert Femke.

'Gejat?'

'We moeten het straks maar aan Stuivenvolt vragen. Misschien is hij vanochtend vroeg bij Binky geweest.'

'Of hebben we verkeerd geteld?' Liza sluit de deur en draait de sleutel om.

Binky staat geduldig bij het hek te wachten.

Liza zet haar voet in de stijgbeugel en gaat op de pony zitten. Ze voelt zich niet op haar gemak, omdat Binky een beetje van slag is. Wist ze de oorzaak maar.

'Probeer je anders te rijden?' vraagt Femke. 'Volgens de manier van Terra Natura? Je weet wel... Je moet Binky uitnodigen voorwaarts te gaan en niet aansporen met je hakken in zijn buik.'

'Zet eerst dat hek maar open.'

Zodra Femke het hek opendoet, stapt Binky het weiland uit en begint daar te grazen.

'Zo eenvoudig is het dus,' grinnikt Liza. 'Ik hoef helemaal niets te doen.'

'Omdat Binky zijn vrijheid ruikt.'

Femke pakt hem vast en leidt hem naar het pad dat naar het bos gaat. Dan pakt ze haar fiets.

Liza heeft vanaf Binky's rug een beter overzicht. Ze kijkt af en toe richting de Peelderpoel.

Plotseling ziet ze aan de andere kant van de eeuwenoude bosvijver iets bewegen. Heel even maar. Dan is het verdwenen. Wat was het? Een mens? Een dier? De wind? Binky merkt dat haar aandacht naar iets anders uitgaat en staat opeens stil.

'Wat is er?'

'Niks,' glimlacht Liza gespannen. Ze durft niet te zeggen dat ze bij het water iets heeft gezien.

Als Femke doorloopt, kijkt Liza nog eenmaal over haar schouder. Ze praat zachtjes tegen de pony.

Na een lichte aarzeling stapt Binky door. Een paar maal houdt hij in. Is hij zich ervan bewust dat er bij de Peelderpoel iets aan de hand is?

Een felle bundel zonlicht kiert tussen wolken door en raakt het water van de Peelderpoel. Het felle licht weerkaatst in Liza's ogen. Ze huivert. Opeens weet ze dat iemand naar haar kijkt.

HOOFDSTUK NEGEN

Niets meer

Liza durft niet meer achterom te kijken. Degene die haar met zijn loerende ogen volgt, hoeft niet te weten dat ze zich van zijn aanwezigheid bewust is. Negeren is het beste wat ze in deze situatie kan doen.

Femke fietst een paar meter voor haar uit en merkt niets van Liza's angst.

Plotseling begint Binky aan de bladeren van een laaghangende tak te knabbelen.

'Nee, Binky, niet doen,' moppert Liza.

Binky luistert niet. Hij wandelt doodgemoedereerd het bos in.

'Wat krijgen we nu? Ga eens terug.' Liza ligt voorover om zich niet te bezeren aan de takken.

Femke is van haar fiets gestapt en slaat haar gade.

'Hij luistert niet!' roept Liza.

'Dat zie ik! Je moet zijn leider zijn!'

Liza snuift verontwaardigd. 'Hoe?'

Femke zet haar fiets tegen een boom en loopt zachtjes het bos in, om de pony niet aan het schrikken te maken. Ze probeert de IJslander naar zich toe te lokken.

'Waarom doet hij zo?' vraagt Liza zich af.

'Hij zal wel besmet zijn met het EW-virus.'

Liza kijkt haar vriendin bezorgd aan. 'Wat voor virus?'

'Het "EigenWijs"-virus.'

'Haha, wat zijn we grappig.' Door de onzichtbare dreiging vanuit het bos voelt Liza zich niet op haar gemak. Dat tegendraadse reageren van Binky maakt de situatie niet leuker. 'Ik wil hier weg.'

'Rustig.' Femke pakt Binky bij de neusriem vast en spreekt hem berispend toe. 'Geen fratsen, Binky! We zijn onderweg naar de sjeik. Je krijgt straks van ons een snelle poetsbeurt en vanaf dat moment is het ten strengste verboden om door modderplassen te rollen. Nu willen we graag dat je naar het pad teruggaat.' Femke tilt haar hoofd op en kijkt Liza aan. 'Ga eens rechtop zitten. Je zit vreselijk suf op zijn rug.'

Ook dat nog! Liza kijkt haar fel aan. Ze wil iets zeggen, maar slikt op tijd haar woorden in. Liza richt haar bovenlichaam op en wil haar rechterbeen over Binky's rug zwaaien.

'Wat doe je?'

'Afstappen.'

'Stel je niet aan.'

'Ik kan beter suf op een fiets zitten dan op een pony.'

Femke duwt Liza's been terug. 'Je blijft op Binky zitten. Hij voelt dat er iemand op zijn rug zit die met andere dingen bezig is.'

Liza slaakt een diepe zucht.

Binky spitst zijn oren en stopt met het eten van bladeren.

'Desirée zei dat het belangrijk is dat je in het "nu" bent. Je moet niet aan andere dingen denken. Je moet bezig zijn met Binky en jezelf. Daar gaat het om. Je rijdt samen met Binky door het bos.'

'Ik kan toch niet de hele tijd aan hem denken?'

Femke haalt haar schouders op. 'Weet je nog dat we laatst naar Buisdam gingen en jij je niet kon herinneren dat we over de brug waren gefietst?'

'Dat heb jij ook wel eens gehad. Dan kun je je opeens het tussenliggende stuk niet meer herinneren omdat je in gedachten was.'

'Dat is wat Desirée bedoelde. Je moet weten waar je bent en wat je doet. Ik vond dat ze dat goed kon uitleggen. Op die manier moet je op Binky's rug zitten. Het is een kwestie van proberen en ontdekken hoe dat moet.'

'Ik weet zeker dat er in de buurt van Binky's weiland iemand rondsluipt. Dat voel ik. Daar moet ik steeds aan denken.'

'Kun je niet stoppen met nadenken?' vraagt Femke.

'Als ik een knopje kon indrukken, dan deed ik dat.' Liza laat zich langzaam voorover zakken en slaat haar armen om Binky's hals. 'Fem, ik denk dat er iemand een zak biks uit de stal heeft gejat.'

'De deur is op slot. Meer kunnen we niet doen. Binky is bij ons, die kan niet worden gejat. Ik wil me er nu niet druk om maken. Misschien zijn er kinderen binnen geweest die in het bos speelden!' Liza leidt Binky richting het pad. 'We moeten naar het hotel!'

Femke knipoogt als ze op het pad terug zijn. 'Als een paard vervelend doet, begrijpt hij de situatie niet of hij snapt jou niet. Je moet er geen aandacht aan schenken. Je merkt dat hij anders doet, maar jíj moet dan aangeven wat de bedoeling is. Dus jij moet helder en duidelijk zijn. Binky mag zijn wie hij is, maar jíj wilt naar dat pad. Binky moet voelen dat jij zijn leider bent. Als je niets laat merken, neemt hij de leiding over. Heel simpel. Zo werkt dat bij paarden.'

'Dat weet ik nu ondertussen wel,' zucht Liza. 'Maar het lukt me niet om de baas te spelen.'

'Je moet het niet spelen, je moet het zijn!'

'Ik vind het ingewikkeld.'

'Wie zegt dat het makkelijk is?' Femke trekt een grimas.

'Misschien is er een cursus voor kinderen.'

'Dan mogen we eerst wel een krantenwijk nemen om geld te verdienen. Zo'n cursus is vast duur.'

'Het is toch jouw droom om later een echte paardenfluisteraar te worden?'

'Je weet hoe dat met dromen gaat,' verzucht Liza. 'Ze komen meestal niet uit.'

'Ik zal voor je duimen.'

Als ze bij hotel De Oude Burcht aankomen, zitten de drie mannen nog steeds op hun post achter de struiken. Er is een roodwit gekleurd lint over de weg gespannen.

'De weg is afgezet,' constateert Liza verbaasd.

Het lint beweegt ritselend heen en weer in de wind. Liza vraagt of Femke naast Binky wil lopen, voor het geval hij schrikt van dat lint en kuren krijgt. Femke houdt de pony bij het hoofdstel vast en loopt naar het lint om hem gerust te stellen. De pony ruikt eraan.

'Eigenlijk is dit niet logisch,' bedenkt Liza opeens. 'Binky is schrikachtig, dus laten we hem aan de dingen wennen die hem bang maken.'

'Niet logisch?' onderbreekt Femke. 'We nemen er de tijd voor, zodat hij kan wennen. Dat is juist goed.'

'Als ik de leider van de kudde zou zijn,' giechelt Liza, 'dan moet Binky zich veilig voelen. Hij hoeft niet bang te zijn want ik geef aan wat goed is, wat we doen en welke richting we op gaan.'

'Je hebt gelijk,' beaamt Femke.

'Binky voelt zich dus niet veilig.'

Femke grinnikt bevestigend. Dan richt ze zich tot de drie

mannen. 'Zijn ze al gearriveerd?'

De mannen schudden hun hoofd. De cameraman weet te vertellen dat het niet lang meer zal duren. Hij vraagt waar ze met die pony naar toe willen.

'Naar het hotel,' antwoordt Liza.

'Dat is onmogelijk. De weg is afgezet.'

'Wij mogen er wel langs.'

'Niemand,' verzekert de fotograaf haar. 'Strenge veiligheidsmaatregelen.'

'Ik woon daar.' Liza wijst naar de villa.

'Ik ook,' lacht de cameraman.

'Het is echt waar,' zegt Femke. 'Het hotel is van haar ouders.'

'Ik woon in de villa,' herhaalt Liza. 'Mijn ouders...'

'Kun je dat bewijzen?'

Liza kijkt verbouwereerd. 'U denkt toch niet dat ik lieg?'

'Vertel dat maar aan die meneer...'

Een grote man in een wit colbert en een witte pantalon nadert hen. De gouden knopen van zijn colbert blikkeren in het zonlicht. Hij spreekt Engels en vertelt de meisjes dat het pad tijdelijk is afgesloten wegens het bezoek van sjeik Abdul bin Salah.

'Wij moeten er langs,' vertelt Femke in haar beste Engels. 'Deze pony is voor de prins.'

De man, die van de bewaking blijkt te zijn, fronst zijn voorhoofd en zegt dat hij nergens van weet. Hij pakt zijn telefoon en belt iemand op.

Liza en Femke slaken een zucht. Daar staan ze dan.

Liza luistert ingespannen naar het gesprek dat de man van de bewaking voert. Er valt haar iets merkwaardigs op. Of vergist ze zich?

Met een brede lach draait de bewaker zich om. 'It's all right!'

lacht hij en maakt het lint los om de meisjes er door te laten.

Natuurlijk blijft Binky roerloos staan en het duurt even voordat ze hem in beweging krijgen.

'Wat een toestand,' mompelt Femke.

'Kon je de stem horen van de man waarmee de bewaker belde?' fluistert Liza gespannen.

'Vaag.'

'Hij sprak Nederlands.'

'Ja? Dat kan toch?'

'Dat is toch raar. Die man in dat witte pak spreekt Engels en...'

'Je moet niet overal iets achter zoeken,' onderbreekt Femke haar.

Liza zucht. Nog even en ze vertelt Femke niets meer.

HOOFDSTUK TIEN

Scheur

De man van de bewakingsdienst loopt achter de meisjes en de pony aan.

'Hij volgt ons,' fluistert Liza.

'Zien wij eruit als terroristen die een aanslag op de sjeik willen plegen?'

'Als ze vermoedden dat we gevaarlijke criminelen zijn, hadden ze ons al lang gefouilleerd en hadden ze onder het zadel van Binky gekeken.'

'Waarom onder het zadel?'

'Dat is vast een goede plek om explosieven te verstoppen.'

De meisjes lopen met Binky naar het gazon dat naast het terras ligt. Als Binky daar staat kunnen ze hem makkelijk in de gaten houden.

Femke kijkt in het rond. 'Er is geen omheining.'

'We zouden een lint tussen de bomen kunnen spannen.'

'Dames, willen jullie een glaasje limonade met gekleurde ijsklontjes?'

Met een ruk draaien Liza en Femke zich om. Daar staat een bijna onherkenbare Reitze Stuivenvolt. Ze bekijken hem van top tot teen en zijn met stomheid geslagen.

Binky draait zijn hoofd opzij en kijkt naar de man in de rood fluwelen kniebroek, afgezet met een dubbele gouden bies, en witte kniekousen. Daarboven draagt hij een prachtige rode jas, die van voren kort en aan de achterkant lang is. Op zijn mouwen zitten gouden strepen en de voorkant van de jas is voorzien van prachtige gouden applicaties. Onder de jas draagt hij een wit overhemd met een rechtopstaande boord en omgeslagen manchetten.

'Je draagt een pruik,' schatert Liza opeens.

'Ik ben geen butler, maar een lakei. Dat heeft meer allure! Zo liepen mannen vroeger in de pruikentijd rond.'

Femke wijst naar de prachtige hoed die hij draagt. 'Volgens mij staat die scheef.'

'Een kniesoor die daarop let.'

'Ben je zelf al gewend aan deze outfit?'

Hij schudt mistroostig zijn hoofd. 'Ik vind het een apenpak. Ik draag liever een overall en mijn bodywarmer. Maar Sonja en ik hebben vreselijk gelachen. Wel een kwartier lang.'

'Heb je geoefend met een dienblad?' vraagt Liza lachend.

'Ja, en dat was geen succes,' grinnikt hij. 'Ik stootte met mijn voet tegen een stoelpoot, waardoor ik bijna mijn evenwicht verloor. De kopjes gleden van het dienblad en vielen stuk op de grond. We hebben afgesproken dat Sonja met een andere serveerster de bediening doet. Ik speel de gastheer.'

'Je ziet er uit als een chique pinguïn,' schatert Liza.

'Al lijk ik op een olifant, ik kan jullie wel vertellen dat Sonja behoorlijk onder de indruk was van mijn verschijning.'

'Dat is het allerbelangrijkste,' giechelt Femke.

Stuivenvolt trekt een zorgelijk gezicht. 'Als ze maar niet denkt dat ik voortaan in dit lakeienpak blijf rondlopen!' Hij wijst naar Binky. 'Hoe houden we hem op het gazon? Ik zie het al gebeuren dat de pony ervandoor gaat en tussen de terrastafeltjes door wandelt. Op de boerderij heb ik kunststofpaaltjes waarmee je een afzetting kunt maken, maar er is geen tijd om die op te halen. Misschien is het beter om Binky aan een lang touw vast te zetten aan die boom.'

'Ik zal Niels bellen. In de schuur ligt een lang touw.' Liza kijkt aarzelend naar Stuivenvolt. 'Hebt u toevallig een zak biks uit Binky's stal weggehaald?'

'Een zak biks?' Hij schudt verbaasd zijn hoofd.

De meisjes schieten opnieuw in de lach omdat de witte krullen komisch langs zijn gezicht dansen.

Stuivenvolt schudt overdreven vrouwelijk de krullen naar achteren. 'Hoe zit dat met die zak biks?'

'We missen er eentje.'

'Hebben jullie goed gekeken?'

De meisjes knikken bevestigend.

'Liza denkt dat iemand een zak uit de stal gepikt heeft.'

'Dat zou de eerste keer zijn dat er iemand bij mij iets weghaalt.'

'We hebben de deur nu goed op slot gedraaid.'

Stuivenvolt zucht eens diep. 'We moeten de boel maar even in de gaten houden. Is er verder niets gestolen?'

De meisjes denken van niet.

Als Stuivenvolt zijn witte manchet onder de mouw van zijn rode jas uit wil trekken, schiet er een knoop van af. 'Ook dat nog,' moppert hij en bukt zich om de knoop te zoeken.

Voordat iemand kan ingrijpen, heeft Binky de hoed met de pruik stevig tussen zijn kiezen geklemd.

Stuivenvolt gaat geschrokken staan en grijpt naar zijn hoofd.

Liza en Femke proberen de hoed voorzichtig uit Binky's mond te halen.

'Ik zie er niet uit,' fluistert Stuivenvolt.

Liza kijkt opzij en ziet dat er over zijn hoofd een strak netje is gespannen, waar zijn weerbarstige haarlokken onder zijn gestopt. Het ziet er zo raar uit dat ze brult van het lachen. Femke slaagt erin de hoed uit Binky's mond te trekken. Dan houdt ze zich gierend van het lachen vast aan Binky.

'Zo kennen we je niet,' hikt Liza.

Binky, die het lachen van de meisjes gewend is, blijf doodstil staan.

Stuivenvolt kijkt schichtig om zich heen. Hij wil niet gezien worden, want dan is er niets meer over van de chique uitstraling van deze lakei. Vlug schuift hij de pruik over zijn hoofd.

'Verkeerd,' giert Liza. 'Hij moet andersom.' De tranen rollen over haar wangen.

Stuivenvolt vindt het minder leuk. Hij wordt zenuwachtig. Sonja had met veel kunst en vliegwerk alles goed op zijn hoofd vastgezet.

Femke en Liza helpen de pruik te draaien.

'Nu moet ik die knoop nog hebben…' Hij duikt voorover.

Ineens klinkt er een vreemd geluid. Stuivenvolt gaat snel rechtop staan en kijkt geschrokken rond. 'Wat was dat?' zegt hij.

Liza veegt met de mouw van haar jas over haar wangen. 'Het geluid kwam van heel dichtbij.' Ze tuurt naar de keurig geknipte haag.

'Alsof er iets scheurde.' Femke kruipt door het gras. 'Hebbes! Hier is de knoop!'

Stuivenvolt grist de knoop uit haar hand. 'Hoeveel tijd heb ik nog?'

'Een knoop aanzetten is zo gebeurd,' antwoordt Liza. 'Sonja is daar goed in.'

'Zorgen jullie voor Binky? Hij mag niet losbreken.'

'Gaat u nou maar snel naar binnen.' Liza wuift hem met twee handen weg. 'Wij vermaken ons hier wel.'

'Gek is dat,' peinst Femke, 'dat we soms *u* tegen u zeggen, en dan weer *jij*. Dat gebeurt vanzelf.'

Stuivenvolt trekt zijn gezicht in de plooi en haakt er met een lichte buiging op in. 'Geachte Pony Friends, ik ga u verlaten. George staat een belangrijke taak te wachten. Binnen nu en een half uur zal hij hier sjeik Abdul bin Salah ontvangen. Excuseert u mij...' Na nog een vriendelijk knikje draait hij zich om en loopt met opgeheven hoofd naar het bordes.

'Mijn hemel!' Liza slaat geschrokken een hand voor haar mond. Ze wil praten, maar kan geen woord over haar lippen krijgen. Ze grijpt Femkes arm en wijst naar Stuivenvolt.

'Wat is er?' Femke haalt haar schouders op.

'Zijn broek!' schatert Liza. Ze drukt haar hand tegen haar mond om de lange, gierende uithalen een beetje te dempen. Femke kijkt nog eens goed en begrijpt onmiddellijk wat Liza bedoelt. 'Dat was het vreemde geluid dat we hoorden.' Ze laat zich op haar knieën in het gras vallen en komt niet meer bij van het lachen.

Stuivenvolt kijkt verwonderd achterom en voelt met twee handen onzeker aan zijn hoed. 'Wat is er?'

'Uw broek is gescheurd!'

Stuivenvolt lacht schuchter. Hij gelooft de meisjes niet. Maar als hij voorzichtig voelt, krijgt hij een rode kleur. 'Hoe kan dat nou?'

'U moet direct naar Sonja!' brult Liza. 'Zij is de enige die u kan helpen.'

Zonder iets te zeggen rent Stuivenvolt naar binnen.

HOOFDSTUK ELF

Geen generale repetitie

Tien minuten later staat Binky aan een lang touw op het gazon naast het bordes. Hij heeft veel bewegingsvrijheid, maar kan net niet bij de struiken of op het terras komen.
'Kijk, daar loopt hij!' Liza wijst naar het hotel, waar ze Stuivenvolt achter de ramen ziet lopen.
Niels schudt zijn hoofd als hij Stuivenvolt in het rode lakeienpak ziet. 'Het is een andere man. Je kunt je niet voorstellen dat hij boer is.'
'Volgens mij voelt hij zich behoorlijk opgelaten in dat lakeienpak,' mompelt Femke.
'Wie niet? Hij moet zich gedragen als een lakei, terwijl hij niets met rijke oliesjeiks heeft. Hij is liever bij zijn koeien op de boerderij. Wie heeft hem overgehaald?' vraagt Niels.
'Drie keer raden.' Liza staat lachend voor haar broer.
'Was het zijn droom om ooit acteur te worden?'
De meisjes proesten het uit.
'Weet je echt niet wie hem gevraagd heeft dit te doen?'
'Pa?'
'Nee, oen! Sonja natuurlijk.'
'Oh. Ach ja, zo gaat dat in de liefde,' zegt Niels.

Met z'n drieën lopen ze naar het bordes en gaan door de serre-deuren naar binnen.

Maarten en Elles Lienhout zijn op weg naar het restaurant voor een laatste inspectie.

'Fijn dat jullie Binky hebben opgehaald,' glimlacht Elles vermoeid. 'De zoon van de sjeik schijnt dol op paarden te zijn.'

'Moe?' Liza slaat een arm om de schouders van haar moeder.

'Heel erg.'

'We zijn net gebeld. Het gezelschap komt een half uur later. Autopech. Ik vind het niet erg,' zegt Maarten Lienhout. 'Nu kunnen we even bijkomen van de drukte. We hebben in de keuken ondertussen een goede bezetting kunnen regelen. Jamie heeft een prima menu samengesteld. Sonja heeft onmiddellijk de handen uit haar mouwen gestoken en onze twee oproepkrachten, Julia en Mieke, konden hier binnen een uur zijn. En dan Stuivenvolt! Het is geweldig dat hij dit wil doen. Het heeft wel iets, hè? Een echte lakei die de gasten ontvangt.'

'Ik houd mijn hart vast,' zegt Elles zachtjes. 'Hij is onzeker.'

'Dat zou ik ook zijn. Hij doet zijn best en dat is het belangrijkste,' vindt Liza.

'Als hij maar niet struikelt.'

'Dat kan jou ook gebeuren.'

'Dat is waar.' Elles steekt haar armen omhoog en draait een pirouette. 'Zie ik er mooi uit?'

'Supermooi!' roept Maarten. Hij tilt Elles onverwachts van de grond en draait haar rond.

Elles gilt. Een van haar schoenen schiet uit en raakt een vaas met prachtige bloemen. De vaas wiebelt gevaarlijk heen en weer, maar valt gelukkig niet om.

'Oeps.' Maarten zet zijn vrouw op de grond en haalt haar

schoen op. 'Soms heb je geluk,' lacht hij en valt op zijn knieën voor Elles op de grond. 'Assepoester, zou deze schoen jou passen?'

Elles wurmt giechelend haar voet in de schoen. 'Ja, hij past! Wat nu?'

Op dat moment komt Jamie, de chef-kok, met een bezorgd gezicht door de klapdeurtjes. 'Bedorven groenten. De nieuwe jongen van de groentezaak mocht voor het eerst de bestelling brengen. Hij heeft net zijn rijbewijs. Helaas heeft hij niet goed opgelet. Hij nam de kist met afvalgroenten mee. Julia ontdekte het net.'

'Zoiets verzin je toch niet?' Elles staat met open mond te kijken.

Maarten loopt Jamie tegemoet. 'Heb je de zaak gebeld?'

'Natuurlijk! De kist met verse groenten is al onderweg.'

'Wat een toestanden!'

'Zeg dat wel.' Jamie stroopt zijn mouwen op. 'Ik moet nu wachten tot de groente hier is.'

'Heb je hulp nodig?' vraagt Niels.

'Ja, ik kan wel wat hulp gebruiken.'

'Dan moet je Liza en Femke vragen.'

'Wat ben je toch een aardige broer,' zegt Liza gevaarlijk.

Sonja verschijnt tussen de klapdeuren van de keuken. 'Ik vind dat we een generale repetitie moeten houden. De manier waarop sjeik Waldara bin Jodelahietie wordt ontvangen is van groot belang.'

'Abdul bin Salah!' corrigeert Maarten. 'Sjeik Abdul bin Salah.'

Sonja trekt een grimas. 'Ik heb een spiekbriefje,' stelt ze hem gerust. 'Waar het om gaat is dat deze man zich zeer vereerd zal voelen wanneer we een prachtige ontvangst voor hem organiseren.'

'Een goed begin is het halve werk,' beaamt Maarten, die nerveus door de gang ijsbeert.

'Stuivenvolt is met een zware taak belast,' zegt Liza plechtig.

'Waar is hij eigenlijk?' vraagt Elles zich plotseling af.

'Naar het toilet.' Sonja fronst haar voorhoofd. 'Hij had eigenlijk al terug moeten zijn.'

'Hij is ervandoor,' zegt Niels.

Sonja draait zich meteen om. 'Ik ga hem zoeken.'

'Is er buiten al iets te zien?' vraagt Femke.

'Alleen paparazzi,' antwoordt Niels. 'Die mensen lusten misschien wel een kop koffie. We kunnen ze wel uitnodigen.'

'Ben je gek! De sjeik wil geen contact met de pers. Dat heeft hij nadrukkelijk gezegd,' meldt Maarten.

'Gevonden!' juicht Sonja vanuit de keuken en duwt Reitze voor zich uit de gang op. 'Hij was verdwaald. De arme ziel.'

'Ik raakte in de war van al die gangen en deuren.'

'We houden een generale repetitie!' kondigt Sonja aan. 'Niels, Liza, Femke… jullie horen bij het gezelschap en Maarten is sjeik… eh…' Ze zoekt naar het spiekbriefje in de zak van haar schortje.

'Abdul bin Salah!' roept Maarten. Hij loopt naar de serre en opent de twee grote deuren. 'We beginnen bij de trappen van het bordes.'

Binky hinnikt vrolijk als hij iedereen naar buiten ziet komen.

Liza springt vanaf het bordes over de struiken op het gazon en knuffelt de pony.

Maarten wenkt haar. 'Eerst oefenen en daarna gaan we met z'n allen in de keuken iets drinken.'

'Dag Binky,' zegt Liza en ze drukt een kus op Binky's voorhoofd. Een pluk manen die voor zijn ogen hangt veegt ze opzij. Ze hoort verderop de drie mannen met elkaar praten.

Ze zitten nog steeds op hun post. 'Petje af voor de paparazzi. Ze hebben engelengeduld,' hijgt ze wanneer ze zich bij de groep voegt.

Stuivenvolt bespreekt met Sonja wat hij moet zeggen op het moment dat de sjeik de ingang nadert.

'Klaar?' Sonja steekt haar hoofd naar buiten.

Alle duimen gaan omhoog.

'Ga je gang.' Ze maakt een uitnodigend gebaar naar Stuivenvolt. 'Recht op! Borst naar voren. Ja, zo loop je goed. Dit ziet er geweldig uit.'

'Waar ben ik aan begonnen?' mompelt hij in het voorbijgaan.

'Je wilde het zelf,' antwoordt Sonja verontwaardigd.

'Ik doe het voor jou.'

'Voor mij?'

'Nou ja, het is best leuk om te ervaren,' bloost hij.

Plotseling horen ze een auto aankomen. Gespannen turen Elles en Maarten tussen de bomen. 'Zouden ze er al zijn?' fluistert Elles.

'Iedereen naar binnen!' commandeert Maarten.

In optocht rennen ze het restaurant in en gluren vanachter de gordijnen naar buiten.

'Waar blijven ze nu?' vraagt Sonja zich een halve minuut later af.

'Zal ik poolshoogte nemen?' vraagt Stuivenvolt.

'Is goed,' knikt Maarten.

Stuivenvolt loopt langzaam en met een kaarsrechte rug over het bordes. Hij voelt zich een echte lakei. Aan het eind van het bordes blijft hij roerloos staan. Zijn ogen speuren de omgeving af. Hij draait zich om en maakt een niet-begrijpend gebaar. Hij daalt de stenen trap van het bordes af en verdwijnt om de hoek.

Er gaan twee minuten voorbij, drie… vier… vijf…

'Wat zou er aan de hand zijn?' vraagt Sonja zich ongerust af.

'Zal ik…'

'Daar is hij weer!' roept Liza vrolijk.

Reitze draagt een grote kist met verse groente. 'Dat was de jongen van de groentezaak. Hij wist niet precies bij welke ingang hij zich moest melden! We hebben de kisten omgeruild.'

'Jongens!' roept Elles lachend. 'Ik vind het zo wel best! We houden geen generale repetitie. We gaan wat met elkaar drinken en daarna zien we wel wat er gebeurt!'

HOOFDSTUK TWAALF

Bedriegers

Als Elles en Maarten Lienhout in het achterste deel van de keuken aan tafel zitten, hangen Niels, Liza en Femke zenuwachtig om hen heen. Ze drinken een glas koel vruchtensap. Elles staart zwijgend naar de grond.

'Voorgevoelens?' vraagt Liza.

'Ontzettend. Alsof er iets mis zal gaan. Eigenlijk vind ik het een rare toestand. Een beetje onprofessioneel. Ik heb het idee dat de mensen die ons voortdurend bellen, niet weten dat de ander al gebeld heeft. Er kloppen bepaalde dingen niet. Ik zal blij zijn als dit allemaal achter de rug is,' voegt Elles er glimlachend aan toe. 'Ze blijven één nacht logeren en gaan dan terug naar Schiphol.'

'Vind je het niet gevaarlijk dat Sonja op dit moment in de keuken meedraait?' fluistert Liza.

'Gevaarlijk?'

'Omdat Stuivenvolt er ook is.'

Elles ziet een brede lach op Liza's gezicht verschijnen. 'Is ze hoteldebotel?'

'Ze doet erg haar best om niets te laten merken, maar vindt het heel leuk dat hij hier als lakei rondloopt.'

'Die dag dat ze met haar hoofd in de wolken liep, zal ik nooit vergeten.'

Sonja had toen voor het eerst met Reitze kennisgemaakt. In Burchtwaarde vonden mensen hem een excentrieke man, omdat hij zich maar weinig met anderen bemoeide. Sonja had zich een bepaald beeld van hem gevormd en dat bleek onjuist te zijn. Reitze is schuchter, maar vriendelijk en betrouwbaar. Hij houdt van zijn melkveehouderij. Dieren zijn altijd eerlijk, zegt hij. Mensen vaak niet.

'Ik heb ontzettend gelachen toen Reitze en Sonja ontdekten dat ze elkaar aardig vonden, maar dat niet wilden laten merken. Die bewuste dag had Sonja last van buikvlinders en van roze watten in haar hoofd,' gniffelt Liza.

Elles schudt haar hoofd. 'Onze gasten kregen die dag een vreemd diner voorgeschoteld. Alles liep in het honderd. Maarten kon wel door de grond zakken, maar heeft het uiteindelijk goed opgelost.'

Sonja was in de war. In de saus voor de sperziebonen verwerkte ze kaneel in plaats van nootmuskaat. De aardappels bleken niet met zout maar met suiker gekookt, en een deel van de appeltaart werd bevroren opgediend.

Maarten zit in gedachten verzonken aan de tafel. Hij drinkt zijn glas leeg en kijkt op zijn horloge.

Liza vraagt zich af wat er met hem aan de hand is. Ze mist zijn rustige uitstraling, die hij nodig heeft om de leiding van dit alles op zich te nemen.

Liza stoot haar moeder zachtjes aan. 'Papa is nerveus.'

'Dat heb ik ook gemerkt. Meestal heeft hij weinig last van spanning.'

Femke en Niels zitten op de grond met hun rug tegen de muur te kletsen. Sonja is aan het werk bij het aanrecht en wordt gadegeslagen door Stuivenvolt, die goed oplet dat hij nergens tegenaan loopt. Er mogen geen vlekken op zijn lakeienpak komen.

Liza ziet dat haar vader zijn mobiele telefoon uit zijn broekzak pakt en naar het scherm kijkt. Hij werpt een schichtige blik om zich heen, zet zijn glas op tafel en staat dan op. Hij houdt de telefoon in zijn hand als hij naar Jamie loopt. 'Alles onder controle?' vraagt hij dan.

'Er kan weinig misgaan,' mompelt Jamie geruststellend.

'We doen onze uiterste best!' belooft Sonja.

'Ik moet even weg,' mompelt Maarten. 'Het is belangrijk.' Zonder uitleg loopt hij de keuken uit.

Liza staart hem peinzend na. Ze opent haar mond om iets tegen haar moeder te zeggen, maar bedenkt zich op het laatste moment. Ze staat op en gaat naar de gang. Tot haar verbazing is haar vader al verdwenen. Waarom heeft hij zo'n haast?

Minuten gaan voorbij. De sfeer in de keuken is gezellig, maar de spanning blijft voelbaar. Stuivenvolt staat al een tijd voor het raam op de uitkijk. Plotseling worden zijn ogen zo groot als schoteltjes.

'Zijn ze er?' Niels springt op en gaat naast hem staan. 'Wow! Twee witte limousines,' zegt hij.

'In de houding!' commandeert Sonja nerveus.

'Yes, madam!' Stuivenvolt salueert en haast zich naar de grote zaal.

Elles volgt hem mopperend, omdat Maarten er niet is. 'Hij moet hier nu zijn! Waar is hij naartoe?'

'Rustig, mam.' Niels legt zijn hand op haar schouder. 'Pap weet dat ze elk moment kunnen komen. Hij is niet ver weg.' Iedereen gaat naar zijn plek. Liza en Femke blijven in de gang staan. Julia, Mieke en Sonja staan in zwarte jurkjes met witkanten schortjes achter Stuivenvolt. Hij wacht in de deuropening van de serre totdat de sjeik en zijn gevolg aanstalten maken om naar het bordes te lopen.

Sonja vraagt hem of hij last van zenuwen heeft.

'Mijn knieën knikken.'

'Daar zie je niks van in die kniebroek,' giechelt Sonja.

'Mond houden,' gromt hij gevaarlijk. Hij trekt zijn schouders naar achteren en geeft een bemoedigende knipoog naar Sonja. 'Daar gaan we dan.'

Liza, Femke en Niels staren ademloos naar de sjeik die, gekleed in een lange jurk, naar de trap loopt. Achter hem loopt een gesluierde vrouw, en daarachter lopen volgelingen en een kind. Twee mensen van de bewaking in witte pakken duwen de deuren van de limousines dicht.

Stuivenvolt is naar het begin van de trap gelopen en heet het gezelschap van harte welkom in zijn allerbeste Engels, dat hij samen met Julia ingestudeerd heeft.

'Hij doet het goed,' fluistert Liza vol bewondering.

'Hij is zijn roeping als lakei misgelopen,' grapt Julia.

Liza heeft de deur van het restaurant op een kier gezet zodat ze de gesprekken kunnen horen.

De fotografen zijn ongezien onder het lint door gekropen en staan dichterbij.

'Ik kan ze geen ongelijk geven,' mompelt Niels. 'Ze hebben lang gewacht.'

Elles loopt zenuwachtig door het restaurant. Ze maakt een gebaar naar de kinderen. 'Waar is Maarten?'

'Verdwenen,' antwoordt Niels.

'Bel hem op. Maarten moet nu hierheen komen.'

'Geen paniek,' zegt Niels geruststellend. Hij loopt de gang in en belt zijn vader.

'En?' vraagt Liza als Niels weer bij hen gaat staan.

'Ik kreeg zijn voicemail.'

'Dat meen je niet!'

Niels gebaart zijn moeder dat hij Maarten niet heeft kunnen bereiken.

Elles grijpt met twee handen naar haar hoofd.

'Mam!' Liza wijst nadrukkelijk naar het bordes. 'Ze komen er al aan.'

Elles loopt met een geforceerde glimlach op haar gezicht naar het bordes.

'Wat gebeurt daar nu?' Liza gaat op haar tenen staan.

'Er komen nóg meer gasten!' constateert Femke.

Sjeik Abdul bin Salah draait zich verbaasd om als een grote zwarte limousine over het pad naar het hotel rijdt. Zijn vrouw, begeleiders en bodyguards staan als aan de grond genageld.

'Hier klopt iets niet,' mompelt Liza.

'Het zijn toch geen terroristen?' fluistert Femke geschrokken.

Uit de derde limousine stapt een Arabier, die begeleid wordt door een man in een donker uniform. Met grote stappen naderen ze het bordes.

'Dit komt niet goed,' fluistert Liza met schorre stem.

De Arabier praat tegen de sjeik, die er helemaal niets van begrijpt. De heren gaan met elkaar in discussie, in een onverstaanbare taal, met wilde handgebaren en boze gezichten.

Elles, Sonja, Julia en Mieke lopen het bordes op.

Er wordt geschreeuwd.

'Moeten we de politie bellen?' vraagt Liza.

'We gaan ernaartoe,' zegt Niels.

Elles begrijpt er niets van. De Arabier die als laatste gearriveerd is, noemt zich sjeik Abdul bin Salah. Die anderen zijn volgens hem bedriegers!

'We hebben een probleem,' zucht Liza.

'Verdorie, waar blijft Maarten nu?' Elles' stem trilt.

Stuivenvolt probeert de gemoederen te sussen, maar slaagt er niet in.

Zonder erover na te denken stapt Liza naar buiten. 'Please, will you come in? Or I will call the police!'

Er valt plotseling een vreemde stilte.

'No police,' zegt de Arabier die het laatst gearriveerd is. Hij maakt met beide handen een afwerend gebaar. 'We'll come in.'

HOOFDSTUK DERTIEN

Doorgestoken kaart

Geroezemoes vult de grote eetzaal van hotel De Oude Burcht.

'De sfeer is vijandig,' fluistert Liza.

Femke knikt. 'Dat is te merken.'

'Wie zou de echte sjeik zijn?'

'De laatste.'

'Volgens mij de eerste.'

Niels komt bij de twee meisjes staan. 'Hoe gaan we dit oplossen?'

'Is er geen tolk?' vraagt Femke.

Niels schudt zijn hoofd. 'De bodyguards spreken Engels. Zij kunnen zich een beetje verstaanbaar maken. Van de sjeiks begrijp ik geen woord.'

Sonja en Stuivenvolt weten de gemoederen tot bedaren te brengen en begeleiden de gasten naar de tafels.

Elles is ten einde raad. Het huilen staat haar nader dan het lachen.

'Mam, jij kunt hier niets aan doen. Als iemand doet alsof hij de sjeik is, dan is hij een oplichter. Jij staat er buiten,' probeert Niels haar gerust te stellen.

'We hebben ons zo goed mogelijk voorbereid en dan gebeurt er dít!'
Een van de bodyguards in een wit pak loopt naar Liza en Femke. Hij schraapt zijn keel en wijst naar de jongen die naast de gesluierde vrouw staat.
'Is de pony betrouwbaar? Is het geoorloofd dat hij naar de pony gaat?' vraagt de man in het Engels.
Niels kijkt Liza en Femke vragend aan. 'Is het vertrouwd dat die jongen alleen bij Binky is?' vertaalt hij.
'No problem,' antwoordt Femke.
De man draait zich om en gaat terug naar de jongen.
Liza vraagt of ze met de jongen naar Binky moeten gaan. De man schudt glimlachend zijn hoofd.
'Dan niet,' mompelt Liza teleurgesteld.
'Als ik Maarten zie, draai ik zijn nek om,' zucht Elles. 'Waarom laat hij ons op dit cruciale moment in de steek? Ik begrijp het niet! De hele ochtend heeft hij zich suf gewerkt om alles in goede banen te leiden en op het kritieke moment is hij verdwenen.'
'Ik ga hem zoeken,' besluit Niels.
Het jonge prinsje wordt door de bodyguard naar het terras gebracht.
Julia en Mieke haasten zich naar de keuken.
Sonja en Stuivenvolt nemen, zo goed en kwaad als het gaat, de bestelling op.
De twee Arabieren die zich allebei sjeik Abdul bin Salah noemen, beginnen voortdurend op luide toon met elkaar te praten.
De man die het eerst arriveerde houdt zich het rustigst. De tweede windt zich behoorlijk op over het feit dat iemand anders zich uitgeeft als sjeik Abdul bin Salah. Hij klopt zich voortdurend op zijn borst en roept zijn naam.

Niels gaat op zoek naar zijn vader. Liza en Femke nemen de achteruitgang en lopen over de binnenplaats naar het gazon.

'Ik heb een raar gevoel,' mompelt Liza als ze buiten zijn. 'Hoe kan het dat er bijna op hetzelfde tijdstip twee Arabieren komen die zich sjeik Abdul bin Salah noemen? Dat kan geen toeval zijn.'

Femke kijkt haar vriendin aan. 'Geen toeval?' herhaalt ze langzaam.

Liza en Femke lopen achter de struiken langs naar het gazon.

De prins, een jongen van een jaar of zeven, staat aan de rand van het terras. Weifelend kijkt hij achterom naar zijn begeleider. De man knikt hem bemoedigend toe. De jongen stapt op het gazon en loopt aarzelend naar de IJslandse pony.

Liza is benieuwd hoe Binky zal reageren.

De Arabische prins draagt geen traditionele kleding. Hij is westers gekleed.

De pony staat doodstil en kijkt naar de jongen, die schoorvoetend nadert.

Het prinsje plukt gras en loopt dan met een uitgestoken arm naar de pony.

Twee fotografen hebben hem gespot en maken een paar foto's van de prins.

De begeleider, die op het terras is gaan zitten, gebaart dat ze weg moeten gaan.

'Misschien wordt Binky wel wereldberoemd,' giechelt Liza.

'Ik zie het al voor me,' fantaseert Femke. 'Grote koppen in alle kranten: "Zoon van sjeik Abdul bin Salah voert IJslandse pony."'

Binky beweegt zich en strekt zijn hals.

'Hij gaat naar het jongetje toe,' zegt Liza. 'Omdat hij nieuwsgierig is.'

De jonge prins houdt hem goed in de gaten. Roerloos staan ze tegenover elkaar. Binky trekt zijn bovenlip op. Door te ruiken maakt hij kennis. De jongen streelt met zijn hand over Binky's voorhoofd en begint zachtjes tegen de pony te praten. 'Kom, we gaan ernaartoe,' zegt Liza. Als ze vlakbij zijn, houdt Liza haar vriendin tegen. Het tweetal blijft verborgen achter de struiken staan. 'Wat is er?' vraagt Femke zachtjes. Liza drukt haar wijsvinger tegen haar lippen, dan tegen haar oor en wijst daarna naar de jongen. Femke luistert ingespannen. Na een paar seconden kijkt ze Liza met open mond aan. 'Dit is geen Arabische prins. Tenzij hij een talenwonder is en Nederlands heeft gestudeerd,' fluistert Femke. 'Dit klopt niet. Hij praat gewoon Nederlands tegen Binky.'

'Zullen we hem aan een kruisverhoor onderwerpen?' grapt Liza

'Het is de vraag of hij ons antwoord zal geven.' Femke stapt van achter de struiken weg.

De jongen kijkt verschrikt op, maar ziet dat de meisjes glimlachen. De begeleider, die op het terras zit, springt van zijn stoel en komt naar hen toe.

'Hello!' groet Femke vriendelijk.

Het jongetje knikt schuchter en richt zijn aandacht op Binky.

Femke praat Engels tegen hem en vraagt of hij Binky lief vindt. De jongen kijkt hulpzoekend naar de grote man in het witte pak.

'Hij spreekt nauwelijks Engels,' legt de begeleider in accentloos Engels uit.

79

'Jammer,' glimlacht Femke.

'Wil hij op onze pony rijden?'

De man schudt zijn hoofd. 'Dat mag niet van zijn ouders.'

Femke vraagt of hij ervaring met paarden heeft.

'A little bit.'

Femke geeft Liza een seintje. Ze groeten de prins en zijn begeleider en lopen, nadat ze Binky een knuffel hebben gegeven, richting de binnenplaats.

'Ik hoop maar dat Binky hem niet bijt. Dat doet hij vaak bij mensen die hij niet kent!' zegt Femke opeens hard.

Vlug verdwijnen ze achter een muurtje en zien nog net dat de jongen geschrokken terugdeinst. Femke steekt triomfantelijk een vuist omhoog. 'Hij heeft ons verstaan.'

'Dit is doorgestoken kaart,' fluistert Liza. 'Zag je zijn gezicht?'

'Hoezo?'

'Volgens mij was hij geschminkt om zijn huid een lichtbruine kleur te geven.'

'Wat is hier allemaal aan de hand?'

'We gaan naar binnen,' beslist Liza.

Ze rennen naar de achteringang van het hotel.

'Rustig lopen,' waarschuwt Sonja vanuit de keuken.

'Heb je niets gemerkt?' Liza staat hijgend voor Sonja.

'Ik heb geen tijd om na te denken. We zijn hartstikke druk. In het restaurant wordt nog steeds geruzied. Het is een belachelijke toestand.'

'Die mensen... Zijn dat wel echte Arabieren?' vraagt Liza.

Er valt een stilte.

Sonja trekt een frons in haar voorhoofd. 'Ze zien er wel uit als echte Arabieren.'

Liza hoort een geluid op de gang. Ze loopt zwijgend naar de deur.

'Wat ga jij doen?' vraagt Femke verbaasd.

'Volgens mij sluipt er iemand door de gang.'

'Ja hoor, sjeik Abdul bin Salah zeker,' grijnst Femke.

Voorzichtig steekt Liza haar hoofd om het hoekje van de deur. De lange gang is leeg. Maar ze ziet nog net dat de deur van de oude kelder met een zacht klikje in het slot getrokken wordt.

HOOFDSTUK VEERTIEN

De kelder

'Wat zie je?' fluistert Femke in Liza's oor. Ze staat op haar tenen om langs Liza's hoofd de gang in te kunnen kijken.

'Ik weet het niet…' Liza draait zich om.

'Zag je ze vliegen?'

'Het leek alsof iemand de kelder is ingegaan.'

Sonja zet de pan met een klap terug op het fornuis. 'In de oude kelder?'

'Ik zag de deur bewegen.'

'Is daar dan een kelder?' vraagt Femke verrast.

'Een hele oude!' benadrukt Sonja. 'Het hotel is gebouwd op de restanten van een oud kasteel. De kelder onder dit deel van het hotel was een paar honderd jaar geleden in gebruik. De wanden zijn gestut met balken en de vloer is van zand.'

'Wordt de kelder nog steeds gebruikt?'

'Nee,' antwoordt Sonja.

Liza kijkt peinzend naar de deur. Ze hoort geen enkel geluid.

'Ben je wel eens beneden geweest?' vraagt Femke nieuwsgierig.

Liza's ogen dwalen door de hotelkeuken. 'Nee, nooit.'

'De kelder is afgesloten,' vertelt Sonja. 'Voor zover ik weet is er in al die jaren dat ik hier werk niemand beneden geweest.'

'Toch raar,' vindt Femke.

'Waarom? Via de keuken kunnen we rechtstreeks in een andere, nieuwe kelder komen. Wie wil in die spelonk afdalen? Niemand heeft er iets te zoeken.'

Femke kijkt Liza aan. 'Dat jij nooit naar beneden bent gegaan!'

'Sinds wij hier wonen is die deur nooit open geweest,' mompelt Liza. 'Hij zit altijd op slot.'

'Je zou even moet controleren of hij nu ook op slot zit,' oppert Femke. 'Als er echt iemand naar beneden is gegaan...'

'Misschien heb ik me vergist.'

Femke loopt langs Liza heen en stapt de gang op. 'Ik controleer het wel even.'

Liza twijfelt niet. De deurklink bewoog, dat is het enige wat ze gezien heeft.

Sonja en Liza staan zwijgend in de deuropening.

Femke krijgt geen beweging in de deur. Ze maakt een spijtig gebaar. 'Helaas, ik kan u geen rondleiding in de oude spelonken van dit gebouw aanbieden,' grijnst Femke.

Liza haalt opgelucht adem. De deur is dicht, ze heeft zich vergist. Gelukkig maar.

Sonja loopt de keuken in en opent de sleutelkast.

'Wat doe je?' Liza staat achter haar.

'Wat denk je?'

Liza voelt haar hart een slag overslaan als er een verbijsterde blik in Sonja's ogen verschijnt.

'Wat is er?' fluistert ze.

Sonja wijst naar een leeg haakje. 'Oude kelder' staat er op het kleine kaartje dat er bij hangt.

'De sleutel is verdwenen,' constateert Femke.

'Dat betekent dat iemand zich in de kelder heeft opgesloten,' huivert Liza.

'Jakkes.' Femke likt peinzend met haar tong langs haar lippen. 'Jij weet zeker dat je iemand naar beneden zag gaan?'

'Ik zag de deurklink bewegen.'

'Het is geen personeelslid,' beweert Sonja. 'Iedereen is bovengronds.'

'Een gast?' oppert Femke.

'Gasten weten niet waar de sleutels hangen.'

'Is jou vandaag iets opgevallen? Liep hier iemand rond die niets in de keuken te zoeken had?' Liza kijkt Sonja afwachtend aan.

Sonja denkt na. Ze kan zich niets herinneren, maar ze is niet de hele tijd in de keuken geweest. Iemand die iets van plan is, zal zijn kans afwachten.

'Zijn er geen reservesleutels?' vraagt Femke opeens.

Sonja denkt na. 'In het kantoor is nog een sleutelkast.'

Liza wil de keuken uitlopen, maar dan stuift Julia verontwaardigd binnen.

'Toestanden!' roept Julia. 'We vermoeden dat sjeik Abdul bin Salah nummer Twee weggaat. Die man is razend! Hij verwacht blijkbaar dat wij die eerste sjeik en zijn gezelschap wegsturen. Zijn lijfwacht zegt dat we de politie moeten inlichten.'

Sonja zucht.

'Is het de bedoeling dat er nog gedineerd gaat worden?' vraagt Jamie.

'Ik weet het niet,' antwoordt Julia. 'Ik snap echt niet wat er aan de hand is. Die lui kunnen onderling niet met elkaar praten. Ze verstaan elkaar niet.'

'Het Arabisch zal wel verschillende dialecten hebben,' denkt Jamie hardop.

'Ik ga die reservesleutel zoeken,' zegt Liza en ze loopt weg uit de keuken.

Femke gaat haar snel achterna.

Binnen een paar minuten heeft Liza de sleutel van de oude kelder in haar hand en zwaait ermee door de lucht. 'Wat nu?'

'Afdalen,' grijnst Femke.

'Ja, hallo! Ben je niet wijs!'

'Durf je niet?'

'Is er licht?'

'Dat weet ik niet.'

'Neem een zaklamp mee, voor het geval dat...'

Uit de la van het bureau pakt Liza een zaklamp en loopt door de gang terug naar de kelder. Ze gaat steeds langzamer lopen.

Uit het restaurant klinken zachte stemmen. De rust lijkt weergekeerd. Het personeel in de keuken heeft het druk. Elles heeft beslist dat het diner doorgaat, hoewel ze geen idee heeft met wie ze te maken heeft... een echte sjeik of een oplichter. En wie is de echte?

Liza geeft Sonja vanuit de deuropening een seintje dat ze een sleutel heeft en dat ze beneden een kijkje willen nemen.

'Kijken jullie uit?' vraagt Sonja.

Liza knikt en loopt met Femke naar de deur. 'Ik ben wel een beetje bang,' bekent ze.

'Wat kan er nou gebeuren? We gaan alleen maar een trap af.'

Liza drukt de sleutel en de zaklamp in Femkes handen. 'Jij mag voorop.'

'Mij best.'

Femke steekt de sleutel in het slot. Na wat gemorrel slaagt ze erin de sleutel om te draaien. Ze haalt diep adem en trekt de deur zachtjes open.

De kille lucht, vermengd met de vochtige geur van de aarde, dringt hun neusgaten binnen.

Femke rilt.

'Jij eerst?'

'Oké.' Femkes hand glijdt langs de ruwe muur op zoek naar een lichtknopje. Maar dat is er niet.

Doodstil staan ze boven aan de trap. Liza krijgt een raar gevoel in haar buik. Een volkomen stilte stijgt op uit de kelder.

'Zullen we dan maar?' fluistert Femke.

Liza knikt. Ze wil iets zeggen, maar er komt geen geluid over haar lippen.

Femke knipt de zaklamp aan. De lichtbundel is zwak. Ze schijnt naar beneden. Drie treden zijn zichtbaar, daarna lijkt de trap op te houden in een zwart niks en totale duisternis! Femke aarzelt. 'Wat doen we?'

'Wie A zegt moet ook B zeggen.'

'Blijf je dicht bij me?' Femke zet haar voet op de eerste tree. Liza volgt wanneer ze een tree verder gaat en houdt Femke bij haar schouder vast.

De trap maakt een scherpe bocht naar links. Na nog een paar treden blijft Femke staan en schijnt met de zaklamp rond. Plotseling doemt er een zwarte gedaante in het licht van de zaklamp op.

'Kom verder,' fluistert een hese stem.

HOOFDSTUK VIJFTIEN

Vreemde ontknoping

De zaklamp valt uit Femkes hand en komt met een doffe klap op de grond terecht. Door de klap valt de batterij eruit en is het licht ineens gedoofd. Geschrokken houden Liza en Femke elkaar vast op de smalle trap.

'Snel, naar boven,' fluistert Femke.

Een vaag schijnsel zweeft voor de meisjes langs. Iemand probeert hen in het zwakke schijnsel van een zaklamp te vangen.

'Kom maar naar beneden. De duisternis tegemoet.' De man lacht en richt de zaklamp op het gezicht van Liza.

Ze knippert met haar ogen en voelt hoe haar hart als een bezetene tekeergaat.

'Hoe wist je dat ik hier was?' vraagt de man.

Liza snakt naar adem als ze de stem herkent. 'Pap, ben jij dat?' fluistert ze verbijsterd.

Er klinkt geschuifel. Het licht van de zaklamp komt dichterbij.

'Ja, ik ben het. Dat wist je toch?'

'Ik wil hier weg,' piept Femke.

'Maar het is mijn vader!' zegt Liza luid.

'Wat willen jullie?' vraagt Maarten. 'Op de trap blijven staan?'

'Weet je zeker…?' Femke is nauwelijks te verstaan.

'Ik herken zijn stem. Toe, loop maar door.'

Maarten staat hen onder aan de trap op te wachten. Liza knijpt in zijn arm. 'Je bent het echt,' giechelt ze zenuwachtig. 'Waarom ben je hier op deze akelige donkere plek?'

'Dat zal ik jullie zo uitleggen. Maar eerst moeten we naar een andere ruimte. Daar is meer licht. Ik heb haast. Volg mij maar.' Maarten geeft zijn dochter een hand. 'Ik weet de weg.'

Femke heeft de zaklamp teruggevonden en doet snel de batterij er weer in. Ze pakt Liza's hand en loopt mee. 'Ik snap er niks van,' mompelt ze.

'Ik zal alles zo uitleggen,' belooft Maarten.

De meisjes hebben het gevoel dat ze een enorme afstand door een onderaardse gang afleggen. Op sommige plaatsen zien ze geen hand voor ogen.

Iemand roept vanuit een andere ruimte.

'Goed volk,' antwoordt Maarten lachend. 'Mijn dochter met haar vriendin.'

'Wie is dat?' vraagt Liza geschrokken.

'Mijn compagnon!'

Een deur wordt knarsend opengeduwd. Maarten schijnt met zijn zaklamp op het gezicht van de man in de deuropening. Het ziet er griezelig uit. Zijn ogen vallen weg in zwarte schaduwgaten.

Opeens staan ze in een ruimte die verlicht is door wel twintig kaarsen.

'Aangenaam.' De man steekt zijn hand uit.

Liza stelt zich voor aan de onbekende man, die zijn naam niet noemt. Ze voelt zich allesbehalve op haar gemak en begrijpt niet wat haar vader met deze man in de keldergewelven van De Oude Burcht doet.

Liza kijkt opzij, naar het gezicht van haar vader en ziet dat hij een zwart ringbaardje van zijn kaak trekt. 'Pap!' roept ze geschrokken. Ze knippert met haar ogen en begint te lachen.

'Denk eens na,' lacht hij.

'Ik snap het! Jij was sjeik Abdul bin Salah!'

Femke staart in het kaarslicht naar Maarten. 'Sjeik Abdul bin Salah de Tweede?'

'Klopt,' antwoordt de andere man. 'De kelder is het verkleedhok. Ik ben zijn lijfwacht en ik help hem nu met afschminken. Hij gaat zo meteen naar de zaal terug. Niet als sjeik, maar als Maarten Lienhout.'

'Waarom doen jullie dit?' Liza ploft op een krukje. 'Waarom zitten jullie in de kelder?'

'Hier zoekt niemand ons,' lacht Maarten. 'Tenminste, dat dachten we.'

'Het was puur toeval dat ik die deurkruk zag bewegen,' grinnikt Liza.

'Ik ben Alex!' vertelt de man. 'Ik heb vroeger jarenlang met jouw vader in een geweldig elftal gevoetbald. We deelden lief en leed. Na onze studies zijn we elkaar helaas uit het oog verloren.' Hij geeft een paar wattenschijfjes aan Maarten.

'Ik raakte zijn adres kwijt,' vertelt Maarten, terwijl hij de lijmresten van zijn gezicht boent.

Alex haalt ondertussen een kam door Maartens haar.

'Waarom heb jij je verkleed als sjeik Abdul bin Salah? Mama is hartstikke kwaad. Ze heeft een appeltje met je te schillen. Je bent gewaarschuwd.'

'Welnee!' lacht Maarten. 'Zodra wij haar vertellen hoe alles in elkaar zit, komt ze niet meer bij van het lachen.'

'Nou, dat weet ik zo net nog niet. Je hebt ruzie veroorzaakt, de sfeer is verziekt en niemand weet of er nu wel of niet gedineerd zal worden.'

'De andere sjeik begreep me niet,' legt Maarten uit, 'omdat ik zelf een soort Arabisch taaltje heb bedacht.'

Alex geeft Maarten zijn colbert aan en propt de sjeikkleding in een grote koffer.

De meisjes kijken hun ogen uit.

'Ik wilde een reünie organiseren met de jongens van ons voetbalelftal,' vertelt Alex, terwijl hij rustig doorgaat met zijn werkzaamheden. 'De meeste jongens wonen nog in de buurt van mijn woonplaats, dus was het niet moeilijk om de adressen te verzamelen. Enkele jongens van ons team zijn verhuisd. Ze wonen op een andere plek in Nederland. Jouw vader ook. Begin van het jaar stuurde ik e-mails rond en Maarten reageerde meteen. Hij vond het heel leuk om bij die reünie aanwezig te zijn, maar was vreselijk druk omdat hij op het punt stond een hotel te kopen. Kortom, hij had een heleboel aan zijn hoofd en dacht niet bij de reünie aanwezig te kunnen zijn. Hij opperde het idee om later met het hele team een bezoek aan het hotel te brengen.'

'Waar zijn mijn schoenen?' Maarten stommelt door de kleine ruimte.

'Daar!' Alex schijnt met de zaklamp in een hoek.

'Hoe ging het verder?' vraagt Liza nieuwsgierig.

'Er ging iets mis,' verklaart Maarten terwijl hij zijn voeten in de zwarte schoenen wurmt. 'Alex had een geniaal plan bedacht. Hij wilde een grap uithalen omdat ik dat ooit bij hem gedaan had.'

'Die grap heb ik hem niet vergeven, dus wilde ik wraak nemen,' grinnikt Alex. 'Ik had bedacht dat we vermomd naar het hotel zouden gaan. Na wat brainstormen kwamen we op het idee om ons voor te doen als een rijke oliesjeik en zijn gevolg. Het was geen probleem om kleding en limousines te huren. Iedereen zou een rol krijgen. Van lijfwacht tot fotograaf,' voegt hij er grijnzend aan toe. 'Wat een voorpret.'

'Maar hij maakte een vergissing,' gaat Maarten verder en geeft zijn oude voetbalvriend een joviale klap op de schouder. 'Toen hij het scenario in elkaar gezet had, stuurde hij dat via de e-mail rond, naar al zijn voetbalmakkers. Zonder het te beseffen had hij mijn e-mailadres ook in het bestand opgenomen. Ik was dus helemaal op de hoogte van wat er zou gaan gebeuren.'

'Vreselijk jammer,' knikt Alex. 'Daar ging mijn grap, die tot in alle puntjes voorbereid was. Maarten en ik hebben de handen in elkaar geslagen en een nieuw plan bedacht. De anderen van ons team wisten niet dat Maarten op de hoogte was. Dat was ons geheim. We zouden ervoor zorgen dat er tegelijkertijd een andere sjeik zou arriveren. Jullie hebben het gezien: dat gaf een heleboel verwarring. Maarten speelde zijn rol als getergde sjeik voortreffelijk. De jongens begrijpen er niks van en vrezen dat ze grote problemen veroorzaakt hebben. Sjeik Twee is tien minuten geleden boos weggelopen. Niemand weet waar hij naartoe is gegaan en wat hij van plan is. Elles denkt nog steeds dat Maarten door omstandigheden weg moest maar elk moment terug kan komen. Hij zal de zaak dan rechtzetten.'

'Wow! Wat een stunt!' roept Liza. 'Wat gaaf! Iedereen is erin getuind.'

De meisjes lachen.

'Waarom zijn jullie in deze oude kelder gaan zitten?' vraagt Femke.

'Sjeik Abdul bin Salah de Tweede moest helemaal verdwijnen, om de verwarring nog erger te maken. Dat was het beste.

Dit onderaardse hol is ideaal. We waren ervan overtuigd dat niemand ons op deze plek zou vinden.'

'Dan ken je de Pony Friends nog niet,' grapt Liza.

Maarten staat in zijn pak met stropdas voor de meisjes. Alex heeft alle spullen in de koffer gepropt. De kaarsen worden uitgeblazen en achter elkaar schuifelen ze door de duistere kelder naar de trap.

'Wat gaat er nu gebeuren?' vraagt Liza.

'Eerst spreek ik de zaal in het Engels toe en vertel dat ik contact heb gehad met de ambassade en de politie omdat de sjeik de zaak hoog opneemt. Ik vraag vriendelijk doch dringend aan de nepsjeik of hij zijn identiteit wil prijsgeven. Dat zal het onderzoek van de politie vergemakkelijken...'

'Dat wordt een komische toestand,' grijnst Femke.

'Die voetbalvrienden van ons krijgen het Spaans benauwd,' lacht Maarten.

'Als je mama tegenkomt, zou ik maar uitkijken,' waarschuwt Liza. 'Ze is in alle staten. Ze beloofde dat ze jou de nek zou omdraaien.'

'Dat kan er ook nog wel bij!' grijnst Maarten.

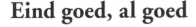

HOOFDSTUK ZESTIEN

Eind goed, al goed

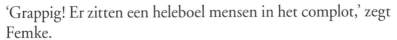

'Grappig! Er zitten een heleboel mensen in het complot,' zegt Femke.

'Alleen Alex en ik,' antwoordt Maarten.

'Ja, maar in dat andere complot zit de rest van het voetbalteam,' lacht Liza.

'Dat is waar. Alex en ik vormen het brein achter het tweede complot.'

'Ik ben tevreden,' knikt Alex. 'Onze grap is goed geslaagd.'

'Jullie weten nog niet hoe het zal aflopen,' waarschuwt Liza.

'Iedereen krijgt straks een lekker diner aangeboden. Dat maakt alles goed.'

De twee mannen gaan naar de hotelkeuken. Daar heerst een drukte van belang. Maarten wordt met open armen ontvangen.

'Weet je wat er gebeurd is?' vraagt Jamie.

Maarten knikt bevestigend en wijst naar Liza en Femke. 'Zij hebben me geïnformeerd. Ik ben overal van op de hoogte.'

'De politie is gebeld,' vertelt Jamie.

'Serieus?' Maarten wisselt een snelle blik met Alex.

'Het liep uit de hand en we konden jou nergens vinden.'

'Ik moest weg,' verontschuldigt Maarten zich. 'Weten jullie wie de echte sjeik is?'

'Geen idee. Volgens Sonja praten ze allebei onverstaanbaar Arabisch.'

'Waarom is de politie gebeld?'

'Daar heeft de tweede sjeik om gevraagd. Hij noemde die andere sjeik een bedrieger.'

'De politie hoeft niet te komen.' Maarten geeft Alex een seintje. 'Wil jij doorgeven dat het niet nodig is? Wij lossen dat zelf op.'

'Die sjeik was in alle staten!' zegt Sonja nadrukkelijk.

Alex vraagt Sonja naar het nummer van de meldkamer. Liza en Femke kijken giechelend toe.

Maarten overlegt met Jamie. Dan klapt hij energiek in zijn handen en zegt dat hij naar de zaal wil.

Sonja vraagt hoe het in de kelder was.

'Donker!' glimlacht Liza. 'We hebben niks bijzonders gezien.'

'Ik maakte me ongerust.' Sonja schudt haar hoofd. 'Er gebeurt hier van alles tegelijk. Zo'n rare situatie heb ik nooit eerder meegemaakt.'

Op de gang komt Maarten Elles tegen.

'Waar was je!' zegt ze kribbig.

'Dat leg ik je later nog wel uit. Ik wil eerst de zaal toespreken.'

'Het is een chaotische bende daarbinnen,' moppert Elles. 'Eén sjeik is verdwenen. Die man is razend omdat die andere sjeik volgens hem de boel belazert! Zoveel begrijp ik nog wel van het Arabisch.'

'Ik ben op de hoogte,' onderbreekt Maarten sussend. 'Kom mee naar het restaurant. Ik zal alles uitleggen.'

'Wat bedoel je?' vraagt Elles, maar ze krijgt geen antwoord.

Liza en Femke lopen op gepaste afstand achter Elles en Maarten aan.

'Dit wordt lachen,' grinnikt Liza.

Elles staart met een boos gezicht naar de grond.

Als Maarten op het punt staat het restaurant binnen te gaan, draait hij zich om en steekt zijn duim op naar Alex, die tot het moment van de ontknoping in de gang zal blijven wachten. 'Misschien kun jij ondertussen mijn vrouw wat opvrolijken?'

Elles tilt haar hoofd met een ruk op. 'Wat bedoel je daarmee?'

'Je kijkt zo chagrijnig!' Maarten trekt zijn mondhoeken omlaag.

'Wacht maar!' dreigt Elles.

Maarten duwt de deur open. 'Goedemiddag! Good afternoon!' roept hij luid door de zaal.

Het geroezemoes verstomt meteen.

Liza en Femke verstaan niet alles wat hij zegt, maar voelen de spanning in de zaal oplopen. Het duurt niet lang, dan barst het gelach en gejuich los. Niemand in de zaal heeft ook maar één moment beseft dat hij zelf bij de neus genomen werd. Maarten en Alex worden op de schouders van hun oude ploeggenoten gehesen en maken een ronde door de zaal. Elles lacht het hardst van allemaal. Haar zorgen zijn als sneeuw voor de zon verdwenen. Niels maakt samen met de zogenaamde fotografen foto's van dit bijzondere spektakel. Het personeel, inclusief Stuivenvolt, staat langs de kant te klappen.

'Jamie, de soep!' roept Sonja ineens geschrokken.

Jamie rent naar de keuken. Het had maar weinig gescheeld of de inhoud van de tweede pan soep was over de rand geborreld.

'Nou ja, vandaag mag er wel wat misgaan,' lacht Sonja.

'Liever niet!' mompelt Jamie.

In uitgelaten stemming zoekt iedereen zijn tafel op. Dan vertelt Alex over het programma dat ze kunnen verwachten. Na afloop van het diner zullen er oude filmbeelden van het beruchte elftal getoond worden. En dat is nog maar het begin van een gezellig samenzijn.

'Wat gaan wij doen?' vraagt Femke.

'Wij gaan naar Binky,' antwoordt Liza.

De meisjes halen uit de keuken eerst nog iets lekkers voor de IJslander. Met appels en wortels in een tas lopen ze naar buiten. Als ze bij het gazon komen, blijft Femke opeens staan.

'Wat is er?' vraagt Liza.

'Hij is weg.'

'Jemig,' mompelt Liza ontdaan. 'Binky is verdwenen.'

De meisjes rennen naar het grasveldje.

'Het touw zit nog aan de boom,' hijgt Femke.

'Binky!' schreeuwt Liza. 'Binky! Oh, dat jongetje heeft hem vast losgelaten.' Liza rent de trap op en loopt via het bordes het restaurant binnen. Er is niemand die merkt dat ze binnenkomt. Ze speurt de tafels af, maar ziet het 'Arabische prinsje' niet zitten.

Stuivenvolt ziet Liza staan en loopt naar hen toe. 'Is er iets?'

'Ja,' zegt Liza en ze wijst naar buiten. 'Binky is weg.'

Stuivenvolt haast zich naar het bordes en kijkt naar het touw, dat los aan de boom hangt. Binky is in geen velden of wegen te bekennen. Stuivenvolt draait zich om en loopt naar de jongen, die in een hoek tussen twee grote mannen blijkt te zitten. Een halve minuut later komt hij met de jongen teruglopen.

'Ik heb het niet gedaan!' vertelt het jongetje. 'Toen ik naar binnen ging, stond hij er nog. Misschien is het touw losgeschoten?'

'Dat kan niet,' beweert Liza. 'Er zat een stevige knoop in. Dat heb ik zelf gedaan.'

'Kom, we gaan zoeken!' roept Femke.

Samen met het jongetje loopt Stuivenvolt richting het bos. Hij is vergeten dat hij nog steeds in het kostuum van een lakei rondloopt.

Even later fietsen Liza en Femke hen voorbij. Iedereen roept Binky's naam. Oh, denkt Liza, als hij maar niet de andere kant is opgegaan! Dan is hij straks in het drukke verkeer terecht gekomen.

Dan gaat Liza's telefoon. Het is Niels.

'Kom maar terug naar het hotel!' meldt Niels. 'Binky is gevonden.'

'Is alles in orde met hem?' vraagt ze ongerust.

'Ja, helemaal,' lacht Niels. 'Joris, de tuinman, heeft hem ontvoerd. Hij vond het maar niks dat Binky op het gazon stond. Dat stukje gras is zijn trots. Hij heeft Binky in het oude hok achter de keuken gezet.'

'Nou ja, had hij dat niet even kunnen zeggen?'

'Misschien wel. Hij kwam net naar me toe en vroeg welke idioot die pony op het gazon had gezet.'

'We komen er aan!'

'Eind goed, al goed,' zucht Femke opgelucht.

'Weet je wat ik wil?' Liza kijkt haar vriendin aan.

'Nou?'

'Helemaal niks.'

'Ik snap het,' giechelt Femke. 'Je wilt geen avonturen meemaken. Je hebt vakantie en dan wíl je ook vakantie.'

'Jij begrijpt mij hélemaal!'

Gierend van de lach fietsen ze terug naar het hotel om Binky in hun armen te sluiten.

HOOFDSTUK ZEVENTIEN

Spijt?

Met een diepe zucht laat Liza zich languit op de strobalen vallen. 'Wat een dag!'

'Een heerlijke lachdag!' Femke gaat naast haar liggen. 'Toen iedereen begreep wat er werkelijk aan de hand was, werd het pas echt leuk.'

'Dat wij in die kelder durfden...'

'Een benauwd hol.'

'Ik vind mijn vader een held.'

'Hij was niet alleen.'

'Dan nog!'

'Ga jij nog eens naar beneden?'

'Nooit.'

'Zeg nooit "nooit"!'

Liza tilt haar hoofd op en plukt een strootje uit haar haar. 'Ik heb er niets te zoeken.'

Femke fantaseert over spullen die misschien eeuwen geleden zijn achtergelaten. Een kist met goudstukken, een harnas of een prachtige jurk van een jonkvrouw.

Buiten komt iemand op de fiets aan. Liza springt overeind en loopt naar de deuropening.

'Ha, meiden!' roept Stuivenvolt vrolijk. Hij zet zijn fiets tegen het hek, klimt er overheen en loopt met grote passen naar de stal. Binky loopt nieuwsgierig met hem mee. Als blijkt dat Binky tegelijk met hem via de achterdeur het clubhuis binnen wil stappen, stuurt Stuivenvolt hem met een vriendelijke maar nadrukkelijke tik op zijn achterste weg. 'De ingang van jouw stal is aan de andere kant!'

'Ben je nu al terug?' vraagt Liza.

'Ik ben tijdelijk uit mijn functie ontheven,' antwoordt Stuivenvolt lachend. 'Jouw ouders hebben mij een geweldig aanbod gedaan! Ze hebben gevraagd of ik tijdens speciale gelegenheden in het hotel als gastheer wil optreden.'

'Verkleed als lakei?'

'Ja.'

'En wat heb je geantwoord?'

'Dat ze op me kunnen rekenen. Op één voorwaarde!'

'Die weet ik!'

Reitze Stuivenvolt kijkt Liza verwonderd aan. 'O ja?'

'Je doet het alleen als Sonja ook in het hotel is.'

'Hoe weet jij dat?' Hij strijkt een paar keer met zijn hand door zijn haar.

'Dat zie ik aan je ogen. Je bent verliefd.'

'Begin je nu alweer?' Stuivenvolt zet zijn handen in de zij.

'Op mijn leeftijd word je niet meer verliefd.'

Liza en Femke giechelen.

'Waarom lachen jullie?'

'Je ogen verraden alles.'

'Ik ben veertig.'

'Je bloost.'

'Ik heb het jullie al vaker uitgelegd: ik vind Sonja aardig, ik voel me op mijn gemak bij haar. Maar dat heeft niets met liefde te maken.'

'Waar heeft het dan wel mee te maken?'
'Met jullie!' Stuivenvolt haalt zijn schouders op. 'Jullie willen een feestje.'
'Klopt! We willen bruidsmeisjes zijn!' schatert Liza.
'Zet dat maar uit jullie hoofd. Ik trouw nooit meer!'
'Sonja wil wel trouwen.'
'Dan moet ze iemand zoeken...'
Femke gaat voor Reitze Stuivenvolt staan. 'Liza en ik starten binnenkort een bemiddelingsbureau voor verlegen mensen die een relatie willen.'
'Jullie doen maar!' lacht hij. Als hij naar buiten stapt, botst hij tegen Binky op, die de uitgang blokkeert. Zachtjes duwt hij de nieuwsgierige pony opzij.
'Reitze!'
Verbaasd kijkt Stuivenvolt op. Op het erf staat een jongen in overall. Hij wenkt naar Stuivenvolt. Liza en Femke kijken nieuwsgierig naar de jongen.
'Ik zal even horen wat er is,' mompelt Stuivenvolt.
Liza en Femke lopen met hem mee.
Ondertussen vertelt Stuivenvolt dat Jochem, zo heet de jongen, hem af en toe helpt met melken en andere klussen die op de boerderij gedaan moeten worden. De meisjes hebben hem wel eens gezien. Aangezien Stuivenvolt niet wist hoe laat hij klaar zou zijn met zijn werkzaamheden als lakei in het hotel, had hij Jochem uit voorzorg gevraagd te komen.
Jochem loopt het drietal tegemoet. 'Er komt straks iemand voor je.'
'Voor mij?' Stuivenvolt trekt een verbaasd gezicht.
'Een jongetje van een jaar of acht. Hij is op zoek naar een verzorgpony. Ik heb gezegd dat jij wel hulp kunt gebruiken. De pony staat hier toch maar wat te staan.'

'Wat?' Liza's mond zakt open.

'Binky is ónze verzorgpony!' roept Femke verontwaardigd.

Jochem kijkt verbaasd naar de twee meiden. 'Menen jullie dat nou?'

'Wat een stomme vraag,' sist Liza.

'Hij had weinig verstand van pony's, dat merkte ik meteen.'

'En hij denkt een kans te maken om Binky te verzorgen?' mompelt Liza binnensmonds.

'Misschien. Sorry, maar ik wist niet dat jullie die pony verzorgen.'

'Heb je nog nooit van de Pony Friends gehoord?' vraagt Stuivenvolt.

Jochem schudt zijn hoofd. 'Ik lees bijna nooit de krant.'

'Wíj zijn de Pony Friends,' vertelt Liza trots. 'Wij horen bij Binky en Binky hoort bij ons. Daar komt niemand tussen.'

'Ook geen aardige jongen van acht?'

'Zelfs geen aardige jongen van acht!' antwoordt Liza.

'Dat moet je hem dan zelf maar uitleggen.' Jochem haalt zijn schouders op. 'Ik wist van niets.'

'Hoe laat komt hij?' vraagt Stuivenvolt.

Jochem kijkt op zijn horloge. 'Ik verwacht hem over een half-uurtje. Ik wist niet hoe laat je terug zou komen. Heb je nog een fooi van de sjeik gekregen?'

Iedereen moet lachen. In geuren en kleuren vertellen ze Jochem hoe het bezoek van de sjeik verlopen is.

'Het was een goed georganiseerde grap!' besluit Stuivenvolt.

'Het allerbelangrijkste is dat jouw rol als lakei je een afspraak met Sonja heeft opgeleverd,' plaagt Femke.

'Heb je een afspraak met een vrouw?' Jochem kijkt Stuivenvolt vragend aan.

'Ja, jongen! De wonderen zijn de wereld nog niet uit.'

Dan lopen Stuivenvolt en Jochem naar de melkstal.

'Als die jongen komt, stuur je hem maar naar mij!' roept Stuivenvolt nog over zijn schouder.

De meisjes slenteren door het gras naar het clubhuis. Binky staat op de smalle strook gras tussen de bosrand en het clubhuis.

'Waarom staat hij steeds op die plek?' vraagt Liza zich af.

'Toeval,' grijnst Femke.

'Hij ziet iets.'

'Blijkbaar. Maar wij zien niets.'

'Zullen we op zolder even thee drinken? Ik heb wel dorst gekregen,' zegt Liza dan.

Daar heeft Femke wel zin in. Als Liza bij de trap staat om naar boven te gaan, doet ze een vreemde ontdekking. Langzaam loopt ze naar de voorraad biks en telt de zakken.

'Wat doe je?' Femke kijkt haar aan.

'We waren toch een zak biks kwijt? Die staat er nu weer bij.'

Femke ziet dat er inderdaad twee opengemaakte zakken staan. 'Dat is vreemd. De deur was op slot.'

Liza inspecteert het raam boven het aanrecht. 'Als ik het niet dacht.' Ze duwt het raam open. 'Iemand is door het raam naar binnen geklommen.'

Femke tilt de zak op. 'Er is wel minstens één kilo brokjes uitgehaald.'

'De dief had zeker spijt,' mompelt Liza.

HOOFDSTUK ACHTTIEN

Mafkees!

Liza en Femke zitten naast het zolderraam. Door het raam kunnen ze nog net een stukje van Stuivenvolts boerderij zien. Aan de andere kant begint de bosrand.
Binky staat rustig te grazen. Liza tikt op de ruit. De IJslander tilt zijn hoofd op en kijkt naar het zolderraam. De meisjes zwaaien naar hem.
'Oh, wat lief,' fluistert Femke. 'Ik smelt van binnen als hij zo naar ons kijkt.'
'Je zou hem hiernaartoe halen,' grinnikt Liza.
'Dat zou een stunt zijn. Met een lift aan de buitenkant van de stal.'
Ze gieren van het lachen.
'We moeten ervoor zorgen dat die afspraak van Sonja met Stuivenvolt doorgaat,' grinnikt Femke.
'In een superromantische omgeving.'
'Als ze willen mogen ze op onze clubzolder.'
'Dat is toch niet romantisch?'
'Daar zorgen wij wel voor.'
'Wie zorgt er dan voor het eten?'
'Wij.'

'Ik heb jou door.'

'Het lijkt me leuk om te zien hoe de vonkjes overspringen.'

'Misschien gebeurt dat niet.'

'Positief blijven!'

'Onze zolder is niet geschikt.'

'Wat vind je van een groot picknickkleed in het bos?' Femke kijkt Liza vragend aan en staat op om de waterkoker opnieuw te vullen.

Liza ligt onderuit gezakt in de stoel en strekt haar benen. Opeens ziet ze dat Binky naar de zijkant van het weiland draaft. Ze gaat rechtop zitten en drukt haar neus tegen het glas om Binky te volgen.

'Kun jij zien wat Binky doet?' roept Liza naar beneden.

Er klinkt gestommel.

'Hij staat naast de stal, bij het hek.'

'Waarom?'

'Hoezo waarom?' herhaalt Femke verbaasd.

'Hij draafde opeens die kant uit,' verklaart Liza. Ze staat boven aan de trap.

Femke loopt langs de strobalen naar buiten. 'Binky?'

'Hallo,' zegt een jongensstem.

Femke ontdekt tussen de struiken een kleine jongen met rood haar en een gezicht vol sproeten. Zijn kleren zijn niet bepaald schoon en in zijn broek zit een scheur.

'Hai.' Femke gaat naast Binky staan en strijkt over zijn hals.

'Dat is een mooi paard,' zegt hij mompelend.

'Pony!' verbetert Femke hem.

Liza komt nieuwsgierig naar buiten. 'Ken jij Binky?' vraagt ze.

De jongen schudt zijn hoofd.

'Ik zag hem opeens die kant op rennen. Alsof hij jou herkende.'

'Ik ben hier vanmiddag geweest.' De jongen praat zacht.
'Zoek jij een verzorgpony?' vraagt Femke.
Hij haalt zijn schouders op. 'Ik weet niet zoveel van pony's.'
'Jij had toch gevraagd of jij deze pony mocht verzorgen?'
'Ja, misschien is dat leuk.'
'Je moet in de supermarkt een briefje ophangen. Misschien is er iemand die een verzorgpony heeft. Binky is ónze verzorgpony.'
De jongen kijkt hen verlegen aan. 'Dat dacht ik al.'
'Waar woon je?'
De jongen kijkt Liza even aan en staart dan over het weiland.
'In Burchtwaarde?'
Hij knikt.
'Nieuwbouw?'
Hij schudt zijn hoofd en mompelt een naam.
Femke verstaat hem niet en vraagt of hij het nog een keer kan zeggen.
Dat doet hij, met tegenzin.
'Ik versta je nog niet.'
'Het is niet belangrijk,' zegt hij dan.
'Hoe heet je?' vraagt Liza.
Hij lacht verwonderd. 'Waarom wil je dat weten?'
'Sorry, ik wist niet dat dat ook al een rare vraag was.'
'Kees.'
Er valt een vreemde stilte.
Liza kijkt even naar Femke. Wat moeten ze met die jongen? Hij is onduidelijk en ziet er vies uit. Ze heeft met hem te doen. Moeten ze vragen of de jongen in het weiland komt?
'Is het moeilijk om voor een paard te zorgen?' vraagt Kees opeens.
Femke schudt haar hoofd. 'Je moet elke dag naar hem toe.

Binky hoeven we niet dagelijks te borstelen. Dat is niet goed voor zijn vacht. Dan poetsen we het vet eruit en dat heeft hij nodig als bescherming tegen kou en regen. Hij staat meer buiten dan binnen in de stal.'

'Hoe zit dat met het eten?'

Liza wijst naar het weiland. 'Dit weiland heeft genoeg gras voor Binky.'

'En als een paard niet in een weiland staat?'

'Dan kun je hem biks geven of ingekuild gras, of hooi of een lekkere wortel,' somt Liza op.

'Hoe weet je of een paard gezond is?'

Liza vertelt hem waar je op moet letten en welke ziekten een paard kan krijgen. Kees luistert geïnteresseerd.

'Ik ga naar huis,' zegt hij opeens. 'Om zes uur moet ik eten.'

Als hij door het struikgewas naar het bos teruggaat, wijst Femke hem erop dat aan de andere kant een pad is. De jongen reageert niet.

'Dit klopt niet,' zegt Liza als ze naar de stal terugloopt. 'Zoals hij er uitzag in die smerige kleren. Waarom stelde hij die vragen? Die Kees is een maf jochie.'

'Jochie? Een mafkees!' grijnst Femke.

HOOFDSTUK NEGENTIEN

Sukkel!

Liza doet de deur goed dicht, zodat Binky, die weer probeert achter hen aan te gaan, niet binnen kan komen. Femke schenkt nog een keer thee in.

Liza zit op de stoel bij het raam en tuurt peinzend naar buiten.

'Waar denk je aan?' vraagt Femke als ze in de stoel tegenover haar neerploft.

'Aan die jongen. Er was iets met hem. Hij durfde ons niet echt aan te kijken.'

'Hij verbergt iets.'

Liza neemt een slokje van haar thee. 'Maar wat?'

'Een geheim?' oppert Femke. 'Of het is een gebrek aan aandacht. Kinderen die veel vragen stellen, krijgen aandacht.'

'Deze jongen kwam hier om een andere reden.'

'Waarom denk je dat?'

'Aan de manier waarop hij naar me keek, merkte ik dat het geen jongen is die wil opvallen of aandacht trekken. Hij weet heel goed wat hij wil. Daarom vind ik het raar dat hij er zo smerig bijloopt. Zijn broek, jas en schoenen zaten onder de modder.'

'Hij zal zich wel in de nesten hebben gewerkt.'
Liza denkt na. 'Misschien is hij van huis weggelopen.'
Femke schudt lachend haar hoofd. 'Dat geloof ik niet. Hij zei dat hij in Burchtwaarde woont.'
'Dat kan een leugen zijn.'
Femke legt haar benen demonstratief op de oude salontafel. 'Ander onderwerp.'
'De fotoreportage met Binky!'
'Het lijkt me hartstikke gaaf om de reportage bij de zee te maken. Of galopperend door de duinen.'
'Ja, leuk!' Liza grinnikt.
'Binnenpretje?'
'Ik heb opeens een geniaal idee.'
'Vertel!' dringt Femke aan.
'Janny werkt bij een groot reisbureau. Dat kantoor zit in de binnenstad.'
'Ik weet welk reisbureau je bedoelt. Maar ik ken geen Janny.'
'Ze is een kennis van Sonja. Ze komt regelmatig met haar vriend Marco in De Oude Burcht eten. Herinner jij je dat in het kantoor van die gigantische posters aan de wand hangen?'
'Ja.' Femke houdt haar hoofd een tikkeltje schuin en is benieuwd naar dat geniale idee van Liza.
'Zo'n poster kunnen wij als decor gebruiken.'
'Waar heb je een decor voor nodig?'
'Laat me even uitpraten,' zegt Liza. 'Het gaat erom dat we door het insturen van een foto duidelijk maken waar we het liefst een reportage zouden willen maken... We willen sowieso met Binky op de foto. Maar wie wil ons en Binky naar het strand brengen zodat we gefotografeerd kunnen worden?'
Femke fronst haar voorhoofd. 'Denk je dat die Janny van het reisbureau ons wil brengen?'
'Nee, joh! Ik heb iets anders bedacht. We zoeken een mooie

poster uit en vragen of we die mogen lenen. Die poster maken we aan de zijkant van ons clubhuis vast. We gaan er voor staan en laten ons met Binky op de foto zetten. Dan lijkt het alsof we in een prachtig landschap staan.'

'Gaaf!' roept Femke enthousiast. 'Wat een geweldig idee. Dit gaan we regelen.'

Ze blijven nog zeker een halfuur gezellig op zolder zitten. Als ze merken dat het buiten begint te schemeren, besluiten ze weg te gaan.

'Als je wilt kun je bij ons blijven eten,' zegt Liza. 'Het feestje van de voetbalploeg is nog lang niet afgelopen. Misschien kunnen we in het hotel eten en anders bakken we pannenkoeken.'

'Ik vind alles best.' Femke drukt haar hand tegen haar maag. 'Ik heb best trek.'

Eerst gaan ze nog even naar Binky om hem te verwennen met een extra, maar snelle borstelbeurt. Liza borstelt en Femke maakt de hoeven schoon. De voerbak wordt vol met hooi gestouwd.

De meisjes controleren het grote raam en sluiten de deur secuur af, zodat er geen biks of andere dingen kunnen verdwijnen. Dan fietsen ze naar de boerderij om Stuivenvolt te vertellen dat ze naar huis gaan.

'Tot morgen, dames!'

'We hebben gepraat met de jongen die bij Jochem is geweest,' vertelt Femke. 'Een jochie van een jaar of negen in smerige kleren. Hij stelde een paar vragen en verdween.'

'Ja, een beetje vreemd allemaal,' zegt Liza.

Stuivenvolt haalt zijn schouders op. 'Ik heb er geen bezwaar tegen als hij hier wil komen. Het hangt van jullie af. Jullie mogen beslissen.'

'We willen liever geen pottenkijkers,' antwoordt Femke.

Tegen zevenen zitten Liza en Femke met Niels, Sonja en Jamie in de keuken van het hotel te eten.

Sonja vertelt dat het gezelschap van de voetbalvrienden zeker tot tien uur zal blijven.

Tijdens het eten vertelt Liza over het plan om bij het reisbureau een supergrote poster te leen te vragen. Sonja belooft met haar auto de poster op te halen, als de meisjes toestemming krijgen.

'Wat denk je, zou het mogen?' vraagt Liza.

'Het gaat vast wel lukken.'

'Als ik jullie was zou ik een poster uitkiezen van Australië, Japan of China,' lacht Jamie. 'Stel dat je die fotoreportage wint! Dan mag je daar naartoe.'

'We geloven niet in sprookjes. Femke en ik staan met twee benen op de grond,' antwoordt Liza stoer.

Na het eten lopen ze naar het restaurant en kletsen even met Maarten en Elles. Via het bordes gaan ze naar buiten.

'Stop eens.' Femke houdt Liza tegen. Het tweetal staat naast de coniferenhaag. Femke wijst naar het pad. 'Ik zie een rood achterlicht van een fiets. Volgens mij zit er een kind op die fiets. Ik weet het niet zeker, maar...'

'Denk je dat het Kees is?'

Femke knikt.

'Welnee! Een jochie van negen gaat niet in het donker naar het bos.'

'Je ziet toch dat daar iemand fietst!'

'Ja, maar dat is toch niet Kees?'

'Zullen we achter hem aan fietsen?'

Hoewel het donkere bos niet lokt, besluiten de meisjes het rode achterlicht te volgen.

Ze rennen naar hun fietsen en proberen de afstand tot de andere fiets te verkleinen zonder geluid te maken. De fietser buigt af naar links en gaat via een omweg naar de Peelderpoel.

Liza huivert. 'Ik heb geen zin om daar naartoe te gaan. Het is al hartstikke donker.'

'Als we willen weten wie dat is en wat hij daar gaat doen, zullen we door moeten fietsen.'

Ze fluisteren met elkaar.

'Ik vind het doodeng.'

Uiteindelijk schuiven ze de fietsen tussen de struiken en sluipen op hun tenen naar een plek vanwaar ze een goed zicht hebben op de Peelderpoel. Tussen de wolken door schijnt de maan, zo hebben ze genoeg licht om alles beter te kunnen zien.

Er klinkt geritsel. De donkere gedaante knipt zijn zaklamp aan en loopt voorzichtig tussen het riet naar de oever van de Peelderpoel.

'Het is Kees...' Liza is verbijsterd. 'Niet te geloven!'

'Zie je wel. Ik had gelijk.'

De jongen hurkt en laat het grote voorwerp dat hij in zijn handen heeft langzaam in het moeraswater zakken.

'Wat doen jullie hier?' klinkt het plotseling achter de meisjes.

Liza en Femke slaken een gil als Niels met een zaklamp op hun gezicht schijnt.

'Wat doe jij hier?' fluistert Liza geërgerd.

'Ik zag jullie opeens het bos in fietsen.'

Aan de overkant van de Peelderpoel klinkt een geluid. De meisjes draaien met een ruk hun hoofd om. De jongen is verdwenen.

'Sukkel,' sist Femke. 'Je hebt ons verraden.'

HOOFDSTUK TWINTIG

Pony gestolen

De volgende ochtend is Liza al vroeg wakker. Ze draait zich op haar rug en luistert naar de geluiden in de villa. Ze hoort de stemmen van haar ouders beneden in de keuken. Liza rekt zich geeuwend uit.

Haar ouders praten ongetwijfeld over het feest van gisteren. De stemmen klinken snel, opgewonden en soms gelijktijdig. Dan volgt meteen een lachsalvo.

Liza heeft niet goed geslapen. Ze moest de hele tijd denken aan gisteravond bij de Peelderpoel.

Wat heeft een jongen van negen jaar daar 's avonds te zoeken? Die vraag houdt haar bezig. Omdat Niels hen was gevolgd en te veel geluid had gemaakt, was de jongen weggegaan. Ze zouden nooit weten wat die jongen in het water van de Peelderpoel liet zakken. Misschien heeft hij wel iets gestolen, denkt Liza, en verbergt hij zijn buit in een kist onder water.

Maar als ze terugdenkt aan zijn gezicht, met die verlegen blauwe ogen, dan klopt dat niet. Hij ziet er niet uit als iemand die op het verkeerde pad is terechtgekomen.

Zal ze hem waarschuwen voor de Peelderpoel? Zou hij de

verhalen over rondwarende geesten kennen? Zou hij daarom naar die plek zijn gegaan? Liza kan zich niet herinneren dat ze hem ooit ergens in Burchtwaarde is tegengekomen. Niet in het zwembad, de sporthal, het winkelcentrum of de bibliotheek. In je eentje rondzwerven in de buurt van de Peelderpoel kan gevaarlijk zijn. Er gebeuren dingen die niet te verklaren zijn. Het is beter dat hij daar niet naartoe gaat. Liza gooit haar dekbed opzij en blijft op de rand van het bed zitten. Misschien komt hij snel nog een keer naar het weiland van Binky. Dan zal ze hem waarschuwen.

Liza pakt haar pantoffels onder het bed vandaan en gaat in pyjama naar beneden. Haar ouders zitten nog steeds druk pratend aan de ontbijttafel.

'Wat een geweldige dag was het,' begint Maarten tegen zijn dochter.

'Vertel mij wat,' grinnikt ze. 'Ik vond het leuk om Stuivenvolt in dat lakeienpak te zien.'

'Een van de jongens heeft gisteren gefilmd!' vertelt Elles enthousiast. 'We organiseren binnenkort een avond om de film en foto's te bekijken.'

'Is dat zo?' vraagt Maarten.

'Dat vertel ik toch,' grijnst Elles. 'We nodigen iedereen uit.'

Liza grinnikt, omdat haar ouders anders tijdens het ontbijt veel stiller zijn.

'Thee?' Elles staat op om de theepot te pakken.

'Ja, lekker.' Liza trekt een stoel onder de tafel vandaan en gaat naast haar vader zitten. Ze legt haar hoofd tegen zijn schouder en geeuwt. 'Zijn jullie niet moe?'

'Een beetje,' antwoordt Maarten. 'Vandaag wordt het weer druk. Een receptie en een familiefeest.'

Liza wil weten of ze volgend jaar op vakantie gaan, maar

daar hebben haar ouders nog niet over nagedacht. Eigenlijk hebben ze er geen tijd voor.

'Het is de laatste tijd erg druk. Dat willen we zo houden. We moeten geld verdienen. De verbouwing heeft veel geld gekost.'

'Dus we gaan niet op vakantie?' Liza trekt een pruillip.

Elles lacht vrolijk als ze een beker thee voor Liza neerzet. 'Al zouden wij op vakantie willen, dan krijgen we jou vast niet mee.'

'O nee?'

'Nee!' antwoorden Elles en Maarten tegelijk.

Liza kijkt haar ouders met grote ogen van verbazing aan.

'Het lijkt me juist leuk om op vakantie te gaan.'

'Hoe wil je dat dan doen met Binky?' vraagt Elles.

Liza zucht. 'Ja, Binky…'

Maarten lacht. 'Dat is dus het probleem. We krijgen jou niet mee vanwege Binky.'

'We kunnen een vakantierooster maken,' bedenkt Liza. 'De ene week zorgt Femke voor hem en ik de andere week.'

'Kun je zolang zonder Binky?' plaagt Elles.

Liza trekt een grimas. 'Dat weet ik niet. Er zijn wel oplossingen te bedenken. We huren een trailer en haken die achter de auto, nemen we Binky gewoon mee op vakantie,' zegt ze met een serieus gezicht.

Elles lacht. 'Ik zie het al voor me. Urenlang zoeken naar een camping waar een pony kan grazen.'

'Of…' Liza kijkt haar geheimzinnig aan. 'We gaan met Binky op huifkarvakantie.'

'Ik zet wel een kleine caravan achter ons hotel,' zegt Maarten. 'Dan hebben we het gevoel even weg te zijn en kun jij elke dag bij Binky doorbrengen.'

'We verzinnen wel iets,' zegt Elles. 'Eerst moet de winter nog

komen. We hebben nog tijd genoeg om na te denken.'
'Op ponykamp met Binky is ook leuk,' oppert Liza.
'Alles is mogelijk,' knikt Maarten. Hij pakt de krant en bladert er snel doorheen. Het stuk brood dat hij in zijn mond wil stoppen, legt hij terug op het bord, omdat zijn aandacht naar een artikel in de krant getrokken wordt. 'Lees dit eens,' zegt hij en hij schuift de krant over de tafel naar Liza. Met zijn vinger wijst hij naar een artikel.

Pony gestolen
Burchtwaarde. Gisteren heeft familie van de heer Boteringen aangifte van diefstal gedaan.
De Shetlander die in het weiland naast de woning van Boteringen stond, blijkt te zijn gestolen...

'Bah, wie doet dat nou,' zucht Liza.
'Waar gaat het over?' vraagt Elles.
'Een bejaarde man die aan het eind van de Beukenlaan in Burchtwaarde woont, heeft een Shetlander naast zijn huis. Een paar dagen geleden is de man plotseling ziek geworden en met de ambulance naar het ziekenhuis gebracht. Hij woont alleen en de eerste dagen heeft er niemand naar de Shetlander omgekeken. Toen iemand van de familie aan het dier dacht, bleek de Shetlander te zijn verdwenen. Men vermoedt dat de pony gestolen is,' vertelt Liza snel en ze leest een stukje voor: 'De familie betreurt dit ten zeerste, aangezien de pony veel voor hun vader betekent. Een ieder die informatie kan geven, wordt verzocht contact op te nemen met de politie.'
'Die Shetlander vinden ze niet meer terug,' mompelt Maarten. 'Zo'n pony wordt 's nachts in een trailer gezet en weggebracht.'
'Waarom zou je een Shetlander stelen?' vraagt Liza.

'Om te verkopen,' antwoordt Maarten.

'Daar word je niet rijk van.'

'Ik zou geen andere reden weten.'

'Als een duur fokpaard gestolen zou worden, kan ik me daar wel iets bij voorstellen. Maar een Shetlander... Nee, dat vind ik vreemd.'

'Staat er in de krant hoe de Shetlander eruitziet?' vraagt Elles.

Liza knikt. 'Bruin met witte manen en een witte staart.'

'Sneu,' mompelt Elles.

'Sneu? Het is een drama! Die man is zijn lievelingsdier kwijt.'

'Jullie hebben nog een paar dagen vakantie,' zegt Maarten.

'Ja, en?'

'Als echte Pony Friends gaan jullie natuurlijk op zoek naar de gestolen Shetlander.'

HOOFDSTUK EENENTWINTIG

Zwitserse Alpen of de Chinese Muur

'Heb je het gehoord van Reitze en Sonja?' vraagt Elles aan haar dochter. 'Ze hebben een afspraak!'
'Oud nieuws,' gniffelt Liza.
'Sonja vindt het erg spannend.'
'Ik ga mee om haar hand vast te houden,' grinnikt Liza.
'Misschien willen ze bij ons in het restaurant eten. Dan voelen ze zich op hun gemak.'
'Ma-am.' Liza schudt haar hoofd. 'Het zijn volwassen mensen. Daar moeten wij ons niet mee bemoeien.'
'Weet ik.' Elles lacht. 'Maar we willen allemaal zo graag dat het iets wordt tussen die twee. Ze lijken echt voor elkaar bestemd.'
'Femke en ik willen bruidsmeisjes zijn.'
Elles schiet in de lach. 'Heb je dat gezegd tegen Sonja?'
'Natuurlijk.'
'Als ik mijn ogen dichtdoe, zie ik het bruidspaar al voor me.'
'Denk je dat het ooit gaat gebeuren?'
Elles knikt. 'Ja.'
'Wow, spannend.'

'Ga je vandaag nog weg?'
'Domme vraag! Ik ga naar Binky.'

Om tien voor negen fietst Liza naar Burchtwaarde. Ze heeft met Femke in het centrum afgesproken. Femke staat er al. Ze zwaait uitbundig en vraagt meteen naar Niels. Of hij nog iets heeft gezegd over de vorige avond. Ze heeft nogal snibbig gereageerd. 'Nou, en?' Liza staart haar verbaasd aan. 'Het was toch stom dat hij ons verraden heeft? Nu zullen we nooit weten wat die jongen daar deed.' 'Heeft hij niets over mij gezegd?' Liza grijnst. 'Je bent bang dat je een slechte indruk bij Niels hebt achtergelaten omdat je boos was. Ik kan je geruststellen: hij heeft niets gezegd. Helemaal niets.' 'Denk je dat hij kwaad is op me?' Liza zucht. 'Verliefde mensen doen zo moeilijk.' 'Ik doe niet moeilijk.' 'Je bent verliefd.' 'Nietes.' 'Je vindt Niels leuk, aardig, spontaan, maar je bent niet verliefd. Oké!' Liza steekt plagend haar tong uit. Femke klemt haar kaken op elkaar en zwijgt. Haar ogen lachen. Ze zetten hun fietsen in het rek vlakbij het reisbureau. Door het grote raam zien ze twee vrouwen en een man achter een balie zitten. 'Wie van die dames is Janny?' vraagt Femke. 'Dat weet ik niet. Ik heb haar nooit ontmoet.' Zenuwachtig stappen ze naar binnen. Liza doet het woord. 'Sonja zei dat ik het aan Janny moest vragen,' besluit ze.

'Wat leuk dat Sonja jullie gestuurd heeft. Ik ben Janny, en dat zijn Daan en Miep, mijn collega's.' Een slanke vrouw met krullend haar staat op en geeft de meisjes een hand. 'Jullie willen die wedstrijd dus winnen,' zegt ze lachend. Ze komt achter de balie vandaan en loopt naar de wand waar een grote poster van de Zwitserse Alpen hangt. Ze vraagt haar collega's of er nog iets in het magazijn hangt.

Daan staat op en verdwijnt in het magazijn. Hij komt hoofdschuddend terug.

'Jullie zullen genoegen moeten nemen met de Zwitserse Alpen,' lacht Janny. 'Ik had gehoopt dat we die afbeelding van Paaseiland nog hadden.'

'Als jullie echt iets origineels willen, heb ik wel een idee,' zegt Daan.

'Een leuk idee?' Liza kijkt hem nieuwsgierig aan.

'Hebben jullie ooit van de Chinese Muur gehoord?'

De meisjes knikken.

'Het is een van de grootste wonderen uit de geschiedenis van de wereld. Twee eeuwen voor Christus werd het eerste deel van de muur gebouwd. De muur heeft een lengte van 6.200 kilometer,' legt Daan uit. 'Het is een geweldig bouwwerk, het grootste dat bestaat.'

'Maar daar hebben we geen poster van,' onderbreekt Janny hem.

Daan wijst over zijn schouder naar achteren. 'In de steeg achter ons kantoor staan restanten van een oude stadsmuur. Die zou je als decor kunnen gebruiken. Ik weet dat er op de bovenverdieping van ons pand Chinese kleding ligt. Vorig jaar stonden hier twee etalagepoppen in traditionele Chinese kleding. We hadden toen een speciale rondreis door China in de aanbieding.'

Janny en haar collega proesten het uit.

'Dus dan zouden wij ons als Chinezen moeten verkleden en naast de meisjes op de foto gaan,' zegt Janny.

'Ik doe mee,' lacht de andere vrouw.

'Dat zou gaaf zijn!' roept Liza enthousiast.

'Maar dat betekent wel dat we met onze pony hier naartoe moeten komen,' zegt Femke nuchter. 'Het is handiger om foto's bij de stal te maken. Dan hoeven we niet met Binky door de stad.'

Daan loopt naar de muur en kijkt of hij de poster er makkelijk af kan krijgen. Dat blijkt lastig te zijn. Hij maakt een spijtig gebaar.

'Dit gaat niet lukken.' Hij kijkt de meisjes aan.

'Mm, jammer,' mompelt Femke.

'De Chinese Muur?' vraagt Daan.

'Jullie doen mee?' Liza kijkt de drie mensen van het reisbureau aan.

''s Ochtends hebben we het nog niet zo druk,' lacht Janny. 'Binnen een uur is alles toch geregeld?'

Liza en Femke kijken elkaar aan. Binky is niet gewend om tussen auto's en fietsen te lopen.

'We proberen het,' besluit Liza.

'Als jullie originele foto's insturen, is de kans dat jullie de wedstrijd winnen wel groter. Dan mogen jullie zelf de locatie bepalen waar je naartoe wilt,' zegt Janny enthousiast. 'Dat is super!'

'We willen eigenlijk niet naar de Chinese Muur met onze pony,' giechelt Liza. 'Maar met zulke foto's vallen we wel op.'

'Kunnen jullie hier over een uurtje zijn?'

'We doen ons best!' belooft Liza.

'Wij ook,' grinnikt Janny.

Snel fietsen de meisjes terug. Hoewel ze er tegen opzien om

met Binky naar de stad te gaan, beseffen ze dat het hartstikke aardig is dat Janny en haar collega's willen helpen.

Binky begroet de meisjes enthousiast, maar staart hen beteuterd na als ze doorfietsen naar de boerderij om toestemming aan Stuivenvolt te vragen. Hij vindt dat de meisjes gerust kunnen gaan. Hij vertrouwt Binky wel. 'Zorg dat degene die hem leidt, rustig is. Dan voelt Binky zich veilig.'

Met die woorden in het achterhoofd vertrekken de meisjes een kwartier later richting Burchtwaarde. Femke heeft de digitale camera meegenomen.

Liza zit op Binky's rug, Femke fietst ernaast. Ze kent een rustig landweggetje dat achter de huizen langs slingert.

Wanneer ze door een steegje naar het marktplein moeten, weigert Binky. Hij vindt het blijkbaar eng.

Liza laat zich van zijn rug glijden, pakt de teugel losjes in haar hand en zegt op geruststellende toon dat hij nergens bang voor hoeft te zijn. Ze loopt anderhalve meter voor hem uit. Tot haar verbazing stapt Binky achter haar aan alsof het de normaalste zaak van de wereld is.

'Goed zo!' Femke steekt haar duim op. 'Je bent zeker van jezelf. Hij voelt dat jij niet bang bent.'

'Dus voelt hij zich veilig bij de leider,' lacht Liza triomfantelijk.

'Daar gaat het om,' mompelt Femke. 'Bij een paard kun je niet doen alsof. Je moet echt zijn. Zit je goed in je vel, dan voelt een paard dat.'

Liza kijkt opzij en ziet een jongen op een veel te grote damesfiets uit een steegje komen. 'Hé, dat is Kees!' zegt ze verrast. 'Hij woont in dat grote huis.'

'Kees!' roept Femke. 'Kees!'

121

Kees kijkt over zijn schouder. Als hij de meisjes ziet kijkt hij vlug de andere op. Staand op zijn pedalen verdwijnt hij even later om de hoek.

'Hij herkende ons wel,' mompelt Liza.

'Waarom schrok hij?'

'We moeten eens uitvissen wat hij uitspookt,' vindt Liza.

'Straks, nu eerst naar de Chinese Muur!' zegt Femke.

HOOFDSTUK TWEEËNTWINTIG

De fotoshoot

Als ze de drukke straat moeten oversteken, slaan de zenuwen toe. Liza doet haar best. Ze wil niet bang zijn, omdat Binky dat zal voelen. 'Dit gaat goed komen,' fluistert ze en houdt de teugels stevig vast. Ze wacht een paar tellen, haalt diep adem en voelt zich langzaam weer zekerder van zichzelf. Vastberaden gaat ze verder en loopt met Binky in haar kielzog rechtstreeks naar het reisbureau.

Janny en Miep komen naar buiten in prachtige Chinese kostuums. Het ziet er kleurrijk uit. Liza houdt haar gedachten bij Binky. Ze wil niet afgeleid worden of gespannen raken, omdat Binky dan kan schrikken.

'Ni hao!' groet Janny.

'Wat zeg je nou?' vraagt Femke vrolijk.

'Ik vroeg in het Chinees hoe het met je gaat,' glimlacht Janny. 'Eigenlijk is het geen vraag, want "ni hao" betekent letterlijk "het gaat goed met je". Ik moet eigenlijk zeggen "ni hao ma". Dat betekent "hoe gaat het met je"? Dat is toch wel het minste wat je moet kunnen zeggen als je over de Chinese Muur wilt gaan wandelen.'

Liza staat naast Binky en slaat haar arm om zijn hals.

'Wat een lieverd,' mompelt Janny. 'Ik vind paarden prachtige dieren.'

'Dit is een pony,' vertelt Femke. 'Een IJslander.'

'Wat leuk! Wij organiseren reizen naar IJsland. Ik herinner me dat die paarden daar in een kudde bij elkaar lopen. Dat maakte veel indruk op mij. IJslanders zijn stoere paarden.'

'Ben je op vakantie geweest in IJsland?'

Miep schudt haar hoofd en vertelt dat een collega die reis heeft gemaakt.

'Wij hebben daarna vanuit onze luie stoel de foto's en filmbeelden bekeken,' legt Janny uit.

Daan komt eraan en wenkt hen. 'Ik vond nog een afbeelding van een Chinese tempel. Die heb ik aan de muur vastgemaakt.'

'Het lijkt vast net echt!' roept Janny enthousiast.

De meisjes willen met Daan meelopen, maar Binky blijft staan. Ze moeten door de steeg en die is maar anderhalve meter breed. Te smal, vindt Binky. Hij durft niet.

Liza en Femke praten zachtjes met de pony. Maar wat ze ook proberen, Binky laat zich niet overhalen.

'Wat nu?' Liza voelt zich behoorlijk opgelaten. Janny en Miep hebben speciaal Chinese kleding aangetrokken en Daan heeft een decor gemaakt. En nu weigert Binky mee te doen?

'Hoe kunnen we nog meer bij de stadsmuur komen,' vraagt Daan zich hardop af.

'Dit wordt lastig,' zucht Femke.

Voorbijgangers blijven verbaasd staan en vragen zich af wat die pony voor de ingang van het reisbureau doet.

'We bieden een alternatieve vakantie aan,' grapt Janny. 'Uniek voor Nederlandse begrippen. Een tocht per paard over de Chinese Muur.'

'Misschien moet hij maar gewoon via ons kantoor. Naar binnen en dan door de achterdeur naar de stadsmuur,' giechelt Miep. 'Of we gaan alleen naar binnen en maken een foto van Binky voor de Zwitserse Alpen.'

Janny knikt. 'Dan doen we hem een paar grote koeienbellen om. Dat is pas origineel!'

'Een pony met koeienbellen,' grinnikt Liza.

Daan krabt achter zijn oor. 'Een pony in ons kantoor is wel het laatste waar ik over durf te fantaseren. Als Binky schrikt en met zijn benen naar achteren slaat, liggen er meteen twee computers in puin.'

Femke kijkt de anderen teleurgesteld aan. Wat moeten ze nu doen?

'We regelen een paardenfluisteraar,' stelt Miep lacherig voor. 'Die kan er wel voor zorgen dat Binky naar de Chinese Muur wandelt.'

'Of we proberen het nog een keer?' vraagt Femke.

Liza knikt. 'Zo snel geven we niet op.'

'Alles is natuurlijk mogelijk,' mompelt Daan bedachtzaam. 'Als we de deuren wijd openzetten, en stoelen, tafels en bureaus opzij schuiven, kan de pony zonder problemen bij de achterdeur komen.'

'De stoelen en bureaus hoeven niet opzij,' zegt Femke met uitgestreken gezicht. 'Binky kan wel springen.'

'Dat gaat nooit goed,' denkt Janny hardop.

Femke kriebelt Binky over zijn zachte neus. Het valt haar op dat de pony rustig tussen hen in staat. 'We proberen het nog een keer door de steeg,' zegt ze tegen Liza.

Liza wil erg graag naar de zogenaamde Chinese Muur. Vol vertrouwen loopt ze naar de steeg. Binky trekt zijn hoofd naar achteren en weigert opnieuw vooruit te lopen. Shit, het lukt niet, denkt Liza.

Janny gaat demonstratief het kantoor binnen en houdt de deur uitnodigend open.

Niemand verwacht het, maar Binky stapt zo naar binnen.

'Als dat maar goed gaat,' giechelt Miep.

Liza merkt dat ze zenuwachtig is.

'Dit gaat helemaal goed komen,' zegt Femke.

Die woorden zijn voor Liza doorslaggevend. Ze stapt een meter voor Binky uit en gaat het kantoor binnen. Janny loopt vlug verder om de deuren wijd open te zetten.

Doodgemoedereerd sjokt Binky achter Liza aan door het pand, naar de achterdeur, waar Daan hen bij de oude stadsmuur opwacht.

Daan heeft een prachtig decor gemaakt van wel drie meter breed. Het lijkt net alsof ze echt bij de Chinese Muur zijn. Tenminste, als de foto vanuit de goede hoek gemaakt wordt.

Binky krijgt de tijd om een beetje rond te kijken.

Janny en Miep gaan aan de zijkant staan. Binky in het midden, zodat de restanten van de stadsmuur goed te zien zijn. Daan geeft aanwijzingen en legt uit waar Liza en Femke moeten gaan staan. Liza staat achter Binky en leunt met haar armen over zijn buik. Femke staat aan de voorkant, naast zijn hoofd. Daar tussendoor zijn de muur en de Chinese tempel zichtbaar.

'Iets dichter naar elkaar toe,' zegt Daan. 'Goed zo. Dit is uitstekend.' Hij maakt wel tien foto's achter elkaar en laat ze meteen aan de anderen zien.

Liza en Femke zijn enthousiast, de foto's zien er heel bijzonder uit.

'Het is net alsof we echt bij de Chinese Muur staan,' lacht Femke verbaasd.

'En kijk eens naar Binky! Op bijna alle foto's kijkt hij recht in de lens. Dat maakt de foto's nog specialer.'

'Oké dames, wij moeten weer aan het werk!' lacht Janny.
Samen met Miep dribbelt ze naar binnen.
Daan ruimt nog even de spullen op die hij voor het decor
gebruikt heeft.
Liza en Femke spreken af dat ze pas later zullen beslissen
welke foto ze voor de wedstrijd inzenden. Dan proberen ze
Binky duidelijk te maken dat ze opnieuw door het pand naar
de andere kant moeten. Hij begrijpt het meteen en loopt zo
het magazijn in.
De bel gaat. Er komen klanten in het kantoor.
Janny, Miep en Daan lopen weer terug naar hun kantoor.
Liza, Femke en Binky blijven in het magazijn achter.
'O jee,' fluistert Femke terwijl ze om zich heen kijkt naar
de archiefkasten en stellingen waarop duizenden verschil-
lende brochures opgestapeld liggen. 'Als Binky moeilijk gaat
doen...'
'Binky doet niet moeilijk. Je ziet dat hij zich op zijn gemak
voelt.'
Vanuit het kantoor horen ze Janny met de klanten praten.
'Hihihi!' hinnikt Binky plotseling vanuit de deuropening.
Het echtpaar deinst achteruit en staart met grote ogen naar
de pony, die achter Liza in de deuropening opdoemt.
'Wat is dat nou?' vraagt de man verbouwereerd.
'Ik denk dat we u het een en het ander moeten uitleggen,'
hikt Janny.

HOOFDSTUK DRIEËNTWINTIG

De tas

Binky wordt ongeduldig. Hij wil naar buiten. Liza waarschuwt de klanten. 'Opzij! Binky wil erlangs.' De man en vrouw drukken zich plat tegen de balie en kijken met grote ogen naar de pony, die met opgeheven hoofd passeert. 'Ik heb veel meegemaakt in mijn leven,' grijnst de man. 'Ik heb samen met mijn vrouw vastgezeten in een reuzenrad in het hartje van New York, we zijn met onze zeilboot omgeslagen en hebben uren rondgedobberd in de onstuimige zee bij de Spaanse kust en tijdens een safari in Kenia plette een boze olifant mijn nieuwe camera. Maar een pony achter de balie bij een reisbureau, daar begrijp ik niets van. Wat doet een pony in het kantoor van een reisbureau?' Daan trekt zijn gezicht in de plooi. 'Dan hebt u de kranten niet gelezen!' zegt hij. 'Daarin is uitgebreid aandacht besteed aan onze bijzondere actie. De enige echte "last minute" vakantie in Europa wordt bij ons letterlijk binnen een minuut geregeld. Wie zo'n reis wil boeken, hoeft alleen maar onze zaak binnen te lopen. Deze IJslander wordt onmiddellijk uit de stal gehaald met zadel en al. Binnen een minuut kan men met de trektocht op de IJslander beginnen.'

Het echtpaar staart verbluft van de een naar de ander.

'Is dat echt waar?' mompelt de vrouw.

'Een ludieke actie,' complimenteert de man. 'Zijn er al gegadigden voor deze speciale "last minute"?'

'Deze twee jongedames,' zegt Daan en hij wijst naar Liza en Femke.

Liza en Femke, die in de deuropening staan, kunnen hun lach niet langer inhouden en proesten het uit.

'Het is een grap,' beseft de man.

'Ja,' geeft Daan toe en, om nog meer verwarring te zaaien, vertelt hij dat de meisjes zojuist teruggekomen zijn van een bezoek aan de Chinese Muur.

Er valt een stilte.

'U gelooft het niet?' Femke haalt de digitale camera uit haar rugzak.

Terwijl Femke de camera aanzet en de foto's zoekt, doet Liza moeite om Binky in bedwang te houden.

'Ik ga naar buiten,' mompelt Liza. Het leer van de teugel snijdt in haar hand, omdat ze Binky tegenhoudt.

'Doe maar. Ik kom zo.'

Femke laat de mensen snel een paar foto's zien.

'Niet te geloven!' roept de vrouw verrast. 'De Chinese Muur! Daar wil ik graag een keer naartoe!'

'Die reis kunnen we voor u regelen. Dat is onze specialiteit,' grapt Daan.

Terwijl er binnen gelachen wordt, nemen de meisjes afscheid nadat ze Daan, Janny en Miep nog eens bedankt hebben.

De meisjes gaan naar een plek waar ze rustig kunnen oversteken.

'Mijn buikspieren doen pijn van het lachen,' grinnikt Liza. 'Wat een komische toestand.'

'Die mensen snapten er helemaal niets meer van.'
'Je staat ook raar te kijken wanneer er een IJslander achter de balie opduikt als je denkt bij een reisbureau te zijn.' Liza kijkt naar het huis waar Kees woont. 'Zullen we aanbellen en hem waarschuwen voor de Peelderpoel?'
'Daar zit hij toch niet op te wachten.' Femke strekt haar arm. 'Als jij het wil doen, geef je mij de teugel maar.' Liza knikt en loopt naar het grote huis. Femke blijft op een rustige plek staan en ziet dat Liza het stenen trappetje beklimt om bij de voordeur te kunnen komen. Ze belt aan en wacht. Een vrouw met opgestoken blond haar doet open en kijkt Liza verbaasd aan.
'Dag mevrouw. Is uw zoon ook thuis?'
'Mijn zoon?' Ze lacht verwonderd. 'Ik heb geen zoon.'
'Kees.'
'O, Kees! Kees is de zoon van mijn zus. Hij logeert hier, maar hij is nu niet thuis.'
'Weet u waar hij is?'
Het gezicht van de vrouw betrekt. 'Nee.'
'Gisteravond zagen we hem in het bos…'
'Ja, ik ontdekte dat hij 'm stiekem was gesmeerd,' valt de vrouw Liza in de rede. 'We begrijpen niet wat hij doet en waar hij is. Mijn man en ik maken ons zorgen. Ik heb mijn zus nog niets verteld.'
'Hij was bij de Peelderpoel.'
'Echt waar?' Ze kijkt Liza ongelovig aan. 'Dat geloof ik niet.'
'Echt waar,' verzekert Liza haar. 'Hij zat dicht bij het water.'
'Ik hoor vreemde verhalen over de Peelderpoel.' Ze schudt haar hoofd. 'Waarom gaat hij daar in het donker naartoe?'
'Dat vroegen wij ons ook af.'
'Kees komt hier wel vaker logeren. Aan het begin van de

week maakte hij een fietstocht. Hij wilde de omgeving van Burchtwaarde verkennen. Dat is hem goed bevallen, want de laatste twee dagen gaat hij een paar keer per dag fietsen. Ik ben blij dat hij iets onderneemt, omdat hij zich een beetje verveelde. Kees is een buitenkind. Toch voel ik dat er iets aan de hand is,' mompelt ze bezorgd. 'Kees is zo gesloten als een oester. Hij houdt zijn kaken stijf op elkaar.'

'Ik woon in hotel De Oude Burcht. Gisteravond zag ik hem toevallig het bos in fietsen.'

'We zullen zorgen dat hij 's avonds niet meer stiekem de deur uit glipt.'

'De Peelderpoel is natuurlijk niet echt gevaarlijk, maar...' Liza haalt haar schouders op.

'Ik ken de verhalen,' zegt de vrouw. 'En ik heb liever niet dat Kees daar komt. Mensen zegt dat het daar spookt. Dat is natuurlijk onzin, maar ik heb toch liever niet dat hij daar komt. Ik zal nog een poging doen om Kees uit te horen. Wanneer iemand stiekem doet, klopt er iets niet.'

Als Liza even later bij Femke terug is, vertelt ze over het gesprek.

'Misschien wordt Kees gechanteerd en moet hij drugs of gestolen spullen wegbrengen,' bedenkt Femke.

Als ze de straat zijn overgestoken, zien ze Kees fietsen.

'Dat kan geen toeval zijn,' mompelt Liza.

'Zullen we hem uithoren?'

Liza schudt haar hoofd. 'Hij vertelt toch niets. We moeten het anders aanpakken. Veel slimmer. We vragen of hij met ons mee wil naar de clubzolder.'

'Dat interesseert hem niet.'

'Proberen?' vraagt Liza.

Kees is nu dichtbij. Hij heeft de meisjes gezien en kijkt strak naar de weg. Op zijn bagagedrager zit een plastic zak slordig onder de snelbinder gepropt.

Femke zet haar linkervoet in de stijgbeugel en zwaait haar rechterbeen over Binky's rug. Het is haar beurt om te rijden.

Kees is nu echt vlakbij.

'Hoi!' groet Liza vriendelijk. 'Naar het bos geweest?'

'Ja.'

'Als je zin hebt mag je wel met ons mee naar ons clubhuis.'

De jongen remt af. 'Waarom?'

'Omdat je dat misschien leuk vindt.' Liza lacht, maar kijkt nieuwsgierig naar de scheefgezakte tas. Er zit iets zwaars in en de tas kan elk moment op de grond vallen.

'Nee, dank je, ik moet terug.' Hij fietst snel verder.

'Hé!' roept Femke als de tas op de grond valt.

'Kop houden,' snauwt Liza.

Kees kijkt achterom.

'Morgen zijn we weer in het clubhuis! Je bent welkom!' roept Femke.

Kees knikt en fietst zwijgend verder.

Liza grist de plastic zak van de grond. 'Krijg nou wat!' roept ze verbijsterd.

HOOFDSTUK VIERENTWINTIG

Emmer

'Wat zit erin?' vraagt Femke.

'Drie keer raden.'

'Drugs, geld, sieraden?'

'Een borstel.'

'Een wát?'

Liza loopt met de fiets aan de hand naar Femke en houdt de zak voor haar open.

'Een borstel voor een paard!' constateert Femke. 'Vreemd. Ik begrijp niks meer van die jongen.'

Liza haalt de borstel uit de tas. Ze draait hem rond in haar hand. Dan houdt ze hem opeens omhoog. 'Dit is jouw borstel!'

Femke kijkt naar de kleine rode sticker aan de zijkant. Op alle spullen die van haar zijn, heeft ze een rode sticker geplakt. 'Dit is de mijne!'

'Hij heeft hem gepikt.'

'Dat kan niet,' prevelt Femke. 'De deur van ons clubhuis zit op slot.'

'Tenzij hij de borstel een paar dagen geleden heeft weggehaald.'

'Waarom jat iemand een borstel?'
'Als wij er niet zijn, doet hij alsof Binky van hem is. Het klinkt belachelijk, maar misschien zorgt hij voor Binky.'
Femke slaakt een zucht. 'Hij kan gewoon bij ons komen. Zelfs Stuivenvolt vindt dat geen probleem. Volgens mij is er iets heel anders aan de hand.'
Liza tuurt langs Femkes rug. Vlug laat ze de borstel in de tas terugglijden en gooit de tas weg.
'Wat doe je nu?'
'Hij komt terug.'
'Nou, en?'
'We doen net alsof we niets gezien hebben.'
'Dat snap ik niet.'
'Niet zeuren.' Liza springt op de fiets.
Liza spoort Binky aan om door te lopen.
De tas met de borstel blijft achter op de weg.
Kees komt aangefietst. Hij springt van zijn fiets en houdt de meisjes in de gaten.
Femke kijkt achterom.
'Niet doen,' waarschuwt Liza. 'Hij mag niet weten dat we het doorhebben.'
'Halló! Dat ventje jat spullen uit ons hok!'
'Hij mag geen argwaan hebben. Laat hem maar denken dat we niets doorhebben. Dan kunnen we hem betrappen. Ik wil achter zijn geheim komen.'
'Je kunt hem nu betrappen.'
Liza schudt haar hoofd. 'Dat heeft geen zin. Hij verzint een smoes en zegt dat hij die borstel gevonden heeft.'
Na een minuut waagt Liza het om achterom te kijken.
Kees heeft de tas van de grond opgepakt en fietst alweer richting Burchtwaarde.
'Hij logeert tot en met het weekend bij zijn tante. Voordat hij

opgehaald wordt door zijn ouders, moeten wij zijn geheim ontrafeld hebben,' zegt Liza plechtig.

'We hebben vakantie.'

'O ja, dat zou ik bijna vergeten.'

Wanneer ze bij het clubhuis zijn, wordt Binky overladen met complimenten. Hij heeft zich super gedragen.

'We kunnen wel vaker met je op stap,' lacht Liza.

'Zeg dat niet te hard. Als Binky zijn dag niet heeft, kan hij behoorlijk eigenwijs zijn.'

Liza duwt het hek van het weiland open. Femke rijdt tot de stal en laat zich van Binky's rug glijden. Liza zadelt de pony af. Femke loopt om het clubhuis heen en constateert dat er niets is opengebroken.

'Dan heeft hij die borstel al eerder uit het clubhuis gehaald.'

'Dat kan niet anders,' beaamt Femke in gedachten. 'Die zak biks is door iemand meegenomen en werd later teruggebracht. Zou hij dat ook gedaan hebben?'

'Stel dat hij die insluiper was… waarom zou hij dat doen?'

'Geen idee.' Femke haalt haar schouders op. 'We zagen hem bij de Peelderpoel.'

De meisjes zitten in het gras en leunen met hun rug tegen het clubhuis.

Een flauw herfstzonnetje schijnt tussen de wolken door.

Liza vraagt zich af of hij gisteravond een fuik in het water heeft laten zakken.

Femke kan zich niet voorstellen dat een negenjarige jongen stroopt.

'Ik sta nergens van te kijken,' zegt Liza. 'Hij voert iets in zijn schild, dat is duidelijk.'

Binky gooit zijn achterbenen naar achteren en hinnikt. Dan draaft hij enthousiast een rondje door het weiland en komt even later in volle vaart op de meisjes af.

Ze duiken tegelijk opzij.

'Naar links!' schreeuwt Liza. 'Binky, als je rechtdoor gaat krijg je hoofdpijn. De muur van het clubhuis is harder dan je denkt.'

Drie meter voor de meisjes stopt de pony. Hij schudt zijn manen, zakt langzaam door zijn knieën en rolt vervolgens heerlijk in het gras heen en weer.

Liza staat op. 'Zullen we naar de zolder gaan? Een kopje thee drinken?'

'Ja, lekker. Even relaxen.'

Liza haalt de sleutel van de deur uit haar jaszak. Femke loopt meteen naar de zolder. Liza vult de waterkoker en gaat een paar minuten later met twee bekers thee de trap op.

Femke zit onderuit gezakt in de grote stoel bij het zolderraam en bekijkt glimlachend de foto's.

'Dit is echt maf!'

'Onze foto zal opvallen!'

'Zeker weten. We staan er wel met z'n tweeën op. Dat is toch niet erg?'

'Geen bezwaar,' denkt Liza. 'Als ze ons uitkiezen, is het alles of niets.'

'Je hebt gelijk; wij zijn de Pony Friends! Jij, Binky en ik. We zijn onlosmakelijk met elkaar verbonden.'

'Wat zeg je dat mooi. Schuif eens op.' Liza ploft naast haar vriendin op dezelfde stoel.

Samen bekijken ze de foto's en kiezen de twee mooiste uit.

Femke belooft dat ze die in het weekend zal versturen naar het tijdschrift dat de wedstrijd heeft uitgeschreven.

'We laten de foto's ook op school zien,' lacht Femke.

'Niemand zal geloven dat wij in de herfstvakantie naar de Chinese Muur zijn geweest.'

'Maar met deze foto's kunnen we het bewijzen.'

Na twee koppen heerlijke thee en een halve rol biscuit besluiten ze naar de Peelderpoel te gaan.

Liza heeft er eigenlijk geen zin in. Een paar weken geleden hoorde ze nog een akelig verhaal over de Peelderpoel, over een zekere jonkvrouw Camilla Waerdenburgh. Die zou eeuwen geleden in de Peelderpoel verdronken zijn. De vader van Camilla wilde haar dwingen met jonkheer Hagestein te trouwen. Camilla hield niet van die man. Ze liet merken dat ze niets met hem te maken wilde hebben. Ze was verliefd op een jongen uit het dorp, die – net als zij – van paardrijden hield. Camilla wilde niet uitgehuwelijkt worden. Haar vader organiseerde een verlovingsfeest zodat jonkheer Hagestein de ring om haar vinger kon schuiven. De dag na de verloving verdween Camilla met haar paard. Haar verdwijning is nooit opgelost. Camilla's vriend werd hoefsmid in Burchtwaarde. Hij bleef daar wonen en is nooit getrouwd.

Liza en Femke klimmen over het hek en lopen richting de Peelderpoel.

'Moet ik je hand vasthouden?' plaagt Femke.

Liza zwijgt en geeft haar ogen ondertussen goed de kost.

De meisjes lopen langs de rietkraag rond het meer. Aan de overkant, waar ze de jongen bij het water zagen, zoeken ze nauwkeurig. Ze vinden voetsporen, maar raken het spoor halverwege bijster. Ze gaan dezelfde route terug. Dan ziet Liza iets vreemds.

'Wacht eens.' Liza loopt naar een boom en klimt op de onderste tak. Ze duwt wat takken opzij.

Aan het uiteinde tussen gekleurde herfstbladeren zien de meisjes een emmer.

'Waarom hangt iemand een emmer in de boom?' mompelt Femke verbaasd.

HOOFDSTUK VIJFENTWINTIG

Geen toeval

'Laat maar hangen. Hij is niet van ons,' antwoordt Femke als ze ziet dat Liza dichter bij de emmer probeert te komen.
'Waarom hangt iemand een emmer in de boom?'
'Misschien is het als vogelhuisje bedoeld?'
Liza grinnikt.
'Zit er iets in de emmer?'
Voorzichtig trekt Liza zichzelf over de tak naar voren. Ze heeft hoogtevrees en vindt dit een griezelige onderneming. De tak hangt hooguit twee meter boven de grond. Haar handen trillen. Ze strekt haar arm. Als haar vingers het hengsel raken, lukt het om de emmer een paar centimeter over de ruwe tak naar zich toe te trekken.
'En?'
'Niks!'
'Niks?' Femke kijkt haar verbaasd aan. 'Ik snap er geen snars meer van.'
Liza giechelt. Ze laat de emmer hangen en kruipt naar achteren, tot haar voeten weer op een brede tak kunnen steunen. Behendig klimt ze naar beneden.
'Misschien is het een regenmeter,' oppert Femke spottend.

'Er zat geen water in.'

'Dan heeft iemand de regenmeter onlangs geleegd.' Femke lacht. 'Wat een rare toestanden. Zouden er nog meer vreemde voorwerpen in de bomen hangen?'

De meisjes vinden niets bijzonders.

Ze gaan terug naar Binky's weiland.

'Nu weten we nog niets.'

'Kees weet meer,' mompelt Liza, 'maar hij doet zijn mond niet open.'

'Zal hij weer naar de Peelderpoel gaan?'

'Als ik dat wist...'

'Wat denk jij?'

'Ja en nee.' Liza pauzeert een paar seconden. 'Zijn tante houdt hem in de gaten. Waarschijnlijk mag hij niet meer zo vaak weg. Misschien verbiedt ze hem om naar de Peelderpoel te gaan. Maar als hij een belangrijke reden heeft, dan komt hij zeker terug!'

'We zouden ons in het bos kunnen verstoppen en wachten tot hij komt. Dat is de enige manier om erachter te komen wat hij uitspookt.'

'Wil jij dat?' Liza is verbaasd.

'Ik wil zijn geheim ontrafelen.'

'In de herfstvakantie? Je wilt toch niet in allerlei geheimzinnige zaken verwikkeld raken, maar van je vrije dagen genieten? Dat heb je gisteren zelf nog gezegd.'

'Je lijkt wel een olifant. Olifanten vergeten ook niets.'

'Is dat een compliment?'

Femke steekt haar tong uit. 'Ik wil weten wat die jongen bij de Peelderpoel uitspookt.'

'Ik ook,' mompelt Liza.

Binky staat in een hoek van het weiland te grazen en tilt zijn hoofd op als hij de meisjes ziet terugkomen.

Femke controleert de borstelbox. Ze weet hoeveel borstels, roskammen en hoevenkrabbers erin moeten zitten. Er ontbreekt inderdaad één borstel.

Ze gaan naar boven. Femke haalt een schrijfblok uit een kast en ploft met een peinzende blik in een stoel neer.

'Wat weten we nu eigenlijk?' vraagt ze.

'Weinig.' Liza gaat op haar knieën tussen de stoel en het raampje zitten, zodat ze naar buiten kan kijken.

Femke kauwt op het uiteinde van de pen. Dan begint ze te schrijven.

1. Woensdagavond om 20.00 uur zien we iemand naar het bos fietsen. Waarschijnlijk is dat dezelfde persoon die we een kwartier later aan de rand van de Peelderpoel aantreffen. We denken dat het de negenjarige Kees is, die in Burchtwaarde bij zijn oom en tante logeert. Hij laat iets in het water zakken – een fuik? Als Niels onze aanwezigheid verraadt, gaat de persoon aan de overkant van de poel ervandoor.

2. Iemand heeft een zak biks uit ons clubhuis weggehaald en later teruggezet. Er is een klein beetje biks uit gehaald.

3. Kees was eerst bij Jochem geweest. Hij gaf aan dat hij Binky wel als verzorgpony wilde hebben. Dat is vreemd, omdat hij maar een week in Burchtwaarde logeert. Later stond hij opeens bij het hek en stelde vragen over het verzorgen van een pony. Binky was een tijdje onrustig.

4. Er is een borstel weggehaald. Kees heeft die borstel, die zat in de tas die van zijn bagagedrager gleed. Het is niet duidelijk of Kees de borstel uit ons clubhuis heeft gepikt of dat hij hem ergens gevonden heeft. In onze ogen is hij verdacht.

5. Uit het gesprek met de tante blijkt dat Kees een paar keer per dag wegfietst. Hij zegt niet waar hij naartoe gaat.

6. Wij ontdekken dat er in de buurt van de Peelderpoel een emmer in de boom hangt.

Liza en Femke lezen de regels zwijgend over. 'Wat kunnen we hiermee?' vraagt Femke. 'Er zit geen logica in.'

Liza denkt een ogenblik na. 'De rode draad is Kees.'

'Dat kunnen we niet bewijzen.'

'Hij was gisteravond bij de Peelderpoel. Dat weet ik bijna zeker. Iemand heeft biks en jouw borstel uit ons clubhuis weggehaald. En Kees stelde ons vragen over het verzorgen van een pony.'

Femke knikt, maar haalt daarna haar schouders op. 'Het zegt niets. Het kan een samenloop van omstandigheden zijn.'

Het is uiteindelijk Femke die voorstelt om een paar uur op de clubzolder door te brengen. 'Zodra we iets zien bewegen, gaan we eropaf.'

'Kees gaat de deur niet uit,' weet Liza zeker. 'Zijn tante zal hem goed in de gaten houden.'

'Misschien hebben we iets over het hoofd gezien.' Femke klapt het schrijfblok dicht en legt dat op tafel. 'Ik wil nog eens rondkijken.'

Liza staart zwijgend naar buiten.

'Ga je mee?'

'Waar moeten we naar zoeken?'

Femke loopt naar de trap en reageert niet op haar vraag.

Een kwartier later staan ze op de plek waar de emmer in de boom hangt. Deze keer zoeken ze verder. Plotseling horen ze een geluid en drukken zich tegen een boom.

Ze zien Kees op de oude damesfiets dwars door het bos richting het pad fietsen.

'Hij is dus weer in het bos geweest,' fluistert Liza.

'Dat is geen toeval,' fluistert Femke.

HOOFDSTUK ZESENTWINTIG

Geheimzinnig geheim

Femke gaat op een omgevallen boom staan en kijkt waar Kees heen gaat. 'Volgens mij fietst hij niet naar Burchtwaarde.'

'Gaat hij weer naar de Peelderpoel?'

'Ik denk het wel.' Femke springt van de boom en wenkt Liza. 'Kom, we gaan hem achterna.'

Liza aarzelt even. 'Maar hij is op de fiets. We halen hem nooit in.'

'Kom op.'

Ze zetten de achtervolging in. Na vijf minuten staan ze hijgend tussen de Peelderpoel en Binky's weiland. Femke ziet dat Kees zijn fiets tussen de struiken verstopt en vervolgens met een grote boog om het weiland loopt.

'Waarom doet hij dat?' vraagt Liza zich af.

'Volgens mij zoekt hij ons.'

De meisjes sluipen richting het weiland en blijven gehurkt achter een grote struik zitten. Ze zien Kees niet meer, maar hij kan niet ver weg zijn.

De meisjes wachten een kwartier. Liza wordt ongeduldig. 'Ik wil terug naar Binky.'

'Nog vijf minuten,' smeekt Femke. 'Hij kan elk moment terugkomen.'

Femke heeft gelijk. Een paar minuten later klinken er voetstappen. Kees sluipt terug naar zijn fiets.

Liza maakt een gebaar dat ze naar hem toe wil.

'Daar bereiken we niets mee,' fluistert Femke.

Kees is zich er niet van bewust dat hij bespioneerd wordt. Hij staat een paar tellen op zijn tenen naar het weiland te kijken. Dan draait hij zich abrupt om en loopt rechtstreeks naar zijn fiets.

De meisjes zitten doodstil naast elkaar op het mos. Een minuut later verdwijnt Kees richting het pad.

'Wat kwam hij hier doen?' vraagt Liza zich af.

'Een rondje om het weiland gelopen.'

'Dat heb ik ook gezien. Maar waarom?'

Femke bijt peinzend op haar duimnagel. 'Zou hij ons in de gaten houden?'

'Misschien hebben we iets ontdekt, zonder dat we dat weten.'

Femke knikt. 'Die emmer...?'

'Die heeft hij in het bos opgehangen.'

'Zullen we nog eens naar die plek? Of een rondje om het weiland lopen?' vraagt Femke.

Ze gaan eerst terug naar het bos. Ze lopen nu anders dan daarnet, en ontdekken sleepsporen.

'Die heb ik eerder gezien,' herinnert Liza zich. 'In de buurt van het weiland.'

'Het is van een groot voorwerp,' meent Femke.

Verderop, in de drassige grond, zijn duidelijke voetafdrukken te zien.

Liza zet haar voet er naast. 'Een maatje kleiner dan mijn schoenmaat,' constateert ze.

'Van Kees?'

Ze kijken om zich heen en ontdekken nog meer sporen.

'Hier is hij vaker geweest,' meent Liza. 'Dat kun je zien aan de afdrukken.'

'Achter die boom is iets...' Femke versnelt haar pas.

'Een hut?' fluistert Liza. Verwonderd staart het tweetal naar het gammele bouwwerk, dat van drie grote platen is gebouwd. De voorkant is open. Een van de schotten is tegen een boom vastgespijkerd. De andere twee staan klem tussen struiken en twee boomstammen. Ze zijn met touw vastgezet. Van grote takken is een dak gemaakt. Op de grond ligt stro.

'Komt dit bij ons vandaan?' vraagt Femke zachtjes.

Liza knikt.

Femke stapt naar binnen. Ze kan rechtop staan. Het stro is platgetrapt, alsof er iemand op heeft gelegen. Liza's ogen zoeken de emmer, die tien meter verder in de boom hangt. 'Die emmer heeft met deze hut te maken.'

'Om drinkwater te bewaren?' oppert Femke.

De meisjes doorzoeken de hut, maar vinden niets.

'Het is gewoon zijn hut.'

Liza heeft haar twijfels. 'Waarom fietst hij een paar keer per dag naar deze plek? Er moet een reden zijn.'

Femke leunt tegen een boom. 'Dit is zijn geheim,' zegt ze.

'Er moet meer zijn dan deze hut,' peinst Liza.

'Hij doet geheimzinnig omdat hij niet wil dat anderen zijn hut ontdekken.' Femke loopt om de hut heen. Aan de achterkant blijft ze staan en kijkt fronsend naar de groene vegen verf, die slordig zijn aangebracht, alsof iemand ze bij wijze van proef op die oude plaat geschilderd heeft.

Liza komt naar haar toe.

'Dit komt me bekend voor.' Femke wijst naar de groene strepen.

'Bij Stuivenvolt! Deze platen stonden achter de melkstal.'
Liza is verrast. 'Dit zijn de restanten van het oude kippenhok.
Stuivenvolt bewaarde deze platen om ze als loopplanken te kunnen gebruiken wanneer het water te hoog in de greppels komt. Zou dat joch allerlei dingen hebben gepikt om deze hut te bouwen?'
'Daar lijkt het op,' mompelt Femke na een korte stilte. 'Je hebt gelijk. Er is meer aan de hand. Deze hut alleen is niet het grote geheim van Kees.'
Liza en Femke banen zich een weg door het struikgewas, maar vinden geen aanwijzingen die het geheim prijsgeven. Tenslotte gaan ze naar de achterkant van het weiland en staan voor een brede sloot.
'Springen?' stelt Femke voor.
'We kunnen alleen maar nat worden,' grijnst Liza.
Femke loopt aarzelend langs de slootkant. 'De kans dat we met droge voeten aan de overkant komen is niet groot,' lacht ze. 'Ik doe mijn sokken en schoenen uit.' En ze trekt ze meteen uit.
Ze zitten naast elkaar in het gras.
'Die jongen heeft van zijn oom of tante gehoord dat men er vroeger van overtuigd was dat het water van de Peelderpoel geneeskrachtige werking had,' zegt Liza opeens. 'Ik kan me voorstellen dat hij die hut heeft gebouwd om proeven te doen. Dat verklaart die emmer en zijn geheimzinnige gedrag.'
Femke knippert een paar keer met haar ogen. 'Dat geloof ik niet.'
'Gisteravond liet hij geen fuik maar een emmer in het water zakken. Hij haalt steeds water uit de poel.'
Femke blijft een tijdje in gedachten zitten. Dan staat ze op en gooit haar schoenen en sokken naar de overkant. 'We vertellen Stuivenvolt wat we ontdekt hebben. Daarna gaan we

naar Burchtwaarde en vragen aan Kees of hij ons zijn geheim wil vertellen.'

'Dat is zinloos.'

'We kunnen het proberen. Misschien lukt het ons om hem duidelijk maken dat hij ons kan vertrouwen.'

'Hij heeft zich op een of andere manier in de nesten gewerkt,' zegt Liza. 'Hij heeft een groot probleem en durft niets meer te vertellen.'

De meisjes rollen hun broekspijpen op en zoeken het smalste deel van de sloot op.

Met een lange aanloop springen ze probleemloos naar de overkant.

'Ik wist niet dat ik zo ver kon springen,' hijgt Femke.

'Misschien kunnen we ons inschrijven voor de Open Friese Kampioenschappen Fierljeppen zonder polsstok,' oppert Liza.

Als ze hun sokken en schoenen weer aandoen, sjokt Binky hun kant op.

'Binky! Kom dan!' roepen ze in koor.

Liza wacht de pony met open armen op en vlijt haar hoofd tegen zijn warme hals. 'Kon je maar praten,' mompelt ze. 'Dan kon je ons meer vertellen over het geheimzinnige geheim van Kees.'

HOOFDSTUK ZEVENENTWINTIG

Kanjer!

Als Liza en Femke over het hek klimmen, blijft Binky met een eenzame blik in zijn ogen achter.

'Het lijkt net alsof we hem in de steek laten,' mompelt Femke.

Liza draait zich om. 'Binky! We komen straks weer bij je terug!'

Binky draait zich om en sjokt naar het clubhuis.

'Hij vindt het niet leuk dat we weggaan,' zegt Femke. 'Dat laat hij duidelijk merken.'

'Hij houdt van gezelschap.'

Ze lopen eerst naar de melkstal, maar daar is Stuivenvolt niet. Uiteindelijk vinden ze hem op een bankje achter zijn boerderij, waar hij geniet van het najaarszonnetje.

'En wij maar denken dat je het druk hebt!' roept Femke plagend.

'Elke dag trek ik vijf minuten uit voor een korte meditatie.'

'Je maakt ons niets wijs,' grijnst Femke. 'Je bent aan het dagdromen.'

'Ik zeg niets,' knipoogt hij vrolijk.

'We hebben iets ontdekt.'

'Ga zitten.' Stuivenvolt wijst naar de twee omgekeerde regentonnen in het gras.

Femke vertelt over de jongen die de laatste dagen bij de Peelderpoel rondzwerft. 'We hebben een hut ontdekt.'

Stuivenvolt woelt met een hand door zijn krullen. Hij begrijpt niet waarom de meisjes zich druk maken over die jongen. 'Dat mag toch, hutten bouwen?'

'Hij heeft de platen van jouw oude kippenhok gebruikt.'

'O ja?' Stuivenvolt staat op en loopt met zijn handen op zijn rug naar de plek waar hij ooit de platen heeft neergezet. Liza en Femke lopen met hem mee. Boos staart Stuivenvolt naar de lege plek achter de melkstal. 'Dus dat joch heeft zonder te vragen die platen bij mij weggehaald.'

'Hij is ook in ons clubhuis geweest om biks en een borstel te pakken,' vertelt Liza. 'We zagen ook een emmer in de boom hangen. Misschien heeft hij die van het erf gepakt.'

'Dat gaat te ver,' mompelt Stuivenvolt.

Ze overleggen met elkaar hoe ze dit het beste kunnen aanpakken. Stuivenvolt wil de oom en tante van Kees bellen. Maar hoe doe je dat als je geen achternaam weet?

'We fietsen terug naar Burchtwaarde,' stelt Femke voor.

Liza zucht vermoeid. 'We doen vandaag niets anders dan een beetje heen en weer fietsen.'

Stuivenvolt kijkt op zijn horloge. 'Als jullie geen bezwaar hebben tegen een ritje in mijn oude stoffige auto, dan gaan we samen naar Burchtwaarde.'

'Dat aanbod kunnen we niet afslaan,' grinnikt Liza.

Vlug maakt Stuivenvolt de achterbank schoon waarop hij eergisteren nog twee balen stro heeft vervoerd. De meisjes vinden het niet erg. Ze zitten dagelijks in het stro.

Onderweg bespreken ze 'het plan van aanpak'. Stuivenvolt zal het woord doen en meteen naar Kees vragen.

'Hij moet ons nu maar eens vertellen wat hij in zijn schild voert. Hij mag van mij best in het bos spelen, daar heb ik geen problemen mee. Maar ik wil hem niet op mijn erf en tolereer niet dat mijn spullen weggehaald worden.'

'Je moet hem onder druk zetten,' mompelt Femke. 'Dan gaat hij wel praten.'

Ze parkeren de auto achter het winkelcentrum. Via de steeg gaan ze naar het marktplein. Als ze langs het reisbureau komen, tikt Liza op het raam. Janny en Miep, allebei in gesprek met een klant, zwaaien enthousiast.

Femke wijst naar het oude herenhuis met de stenen trap. 'Daar wonen ze.'

Liza staat als eerste bij de deur en trekt aan de koperen bel. Ze hoeven niet lang te wachten. De tante van Kees doet de grote, zware deur open en kijkt het drietal verbaasd aan.

'Is Kees thuis?' vraagt Stuivenvolt.

De vrouw knijpt haar ogen samen. 'Wat is er aan de hand?'

'Dat zal Kees moeten vertellen.' Hij steekt zijn hand uit en stelt zich voor. 'Reitze Stuivenvolt.'

'Ik begrijp het niet... Heeft Kees iets gedaan?' stamelt ze geschrokken.

'Niets ernstigs,' stelt Stuivenvolt haar gerust. 'We willen een praatje met hem maken.'

'Hij kan niets uitgevreten hebben. Kees is de hele middag op zolder geweest.'

Liza schudt haar hoofd. 'Een uurtje geleden was hij nog in het bos.'

De vrouw staart hen met open mond aan. 'Ik weet zeker dat hij de hele middag op zolder is geweest.'

'Hij is vast stiekem weggegaan. Wij hebben hem echt gezien,' verzekert Femke haar. 'Ik zou zijn schoenen maar eens bekijken. Die zitten vast onder de modder.'

'Hij is negen. Ik kan hem niet de hele dag binnenhouden.'
Liza stapt opzij. Ze ziet iets bewegen achter de vrouw. Het is Kees. die door de spijlen van de trap naar de deuropening loert. Als Kees merkt dat Liza hem ziet, verdwijnt hij geruisloos naar boven.
'Ik zal hem ophalen.' Met grote passen loopt de vrouw naar de trap.
'Hij is thuis,' fluistert Liza. 'Ik zag hem op de trap zitten.' Zwijgend luisteren ze naar de stemmen die van boven klinken. De vrouw verheft haar stem. Blijkbaar wil Kees niet naar de voordeur komen.
'Nu is het genoeg!' valt de vrouw uit. ' Je gaat onmiddellijk naar beneden en praat met die twee meisjes en die meneer.'
Tien tellen later komt Kees schoorvoetend naar de deur. Zijn tante blijft achter hem lopen, om te voorkomen dat hij wegrent. 'Sorry dat ik jullie aan de deur liet staan. Willen jullie binnenkomen?'
'Dat hangt van Kees af,' zegt Stuivenvolt vriendelijk. Hij probeert het vertrouwen van Kees te winnen.
Kees vouwt demonstratief zijn armen voor zijn borst en tuurt onverschillig naar buiten.
'We komen even binnen,' zegt Stuivenvolt vriendelijk. 'Dat praat makkelijker.'
Kees doet een stap opzij. 'Mij best.'
Liza heeft medelijden met de jongen. Hij ziet wit van de spanning.
Als een begrafenisstoet lopen ze achter elkaar over de marmeren tegels naar de zitkamer.
'Heb je iets gedaan wat niet door de beugel kon?' vraagt de tante van Kees.
Kees gaat mokkend op een stoel zitten. Zijn tante maakt een wanhopig gebaar naar Stuivenvolt.

151

'Kijk, ik kan twee dingen doen,' begint Stuivenvolt nadat hij tegenover Kees op de bank is gaan zitten. 'Ik kan naar de politie gaan en vertellen dat jij dingen bij mij van het erf hebt gestolen. Dan heb jij een groot probleem.'

Hij pauzeert een paar tellen in de hoop dat Kees zijn mond opendoet. 'Je kunt ook vertellen waarom je die spullen hebt meegenomen. Als ik de reden weet, begrijp ik misschien waarom je dat gedaan hebt.'

'Heb jij gestolen?' fluistert zijn tante ontdaan.

Het huilen staat Kees nader dan het lachen.

'Ik heb een hut gebouwd. Dat is alles.'

'Met mijn platen! Je begrijpt dat ik die terug wil.'

'Hij heeft ook een borstel uit de stal gehaald,' zegt Femke. 'En aan de biks gezeten.'

'Waarom?' piept zijn tante.

'Als ik dat vertel, word je boos,' antwoordt Kees.

Zijn tante slaakt een zucht. 'Ik beloof je dat ik niet boos zal worden.'

Kees aarzelt. Hij kijkt zijn tante aan.

'Je hebt nooit domme dingen gedaan,' zegt ze geruststellend. 'Jij loopt niet in zeven sloten tegelijk. Misschien is er iets gebeurd wat niet jouw bedoeling was.'

'Zondag, toen ik hier nog maar net was, ontdekte ik een pony in een weiland. Ze zag er vies uit en had een wond. Ik heb haar geaaid. Ze was niet bang voor me. Ik vond de pony zielig. Naast het weiland stond een huis. Ik belde aan om te vertellen dat de pony een wond aan haar been had en het water in haar drinkbak op was. Er was niemand thuis. Maandag ben ik er weer naartoe gegaan. Er was niets veranderd. De pony had nog steeds geen water. Er was ook geen sloot waar ze uit kon drinken. Dus ging ik weer naar dat huis, omdat ik dacht dat de pony van die mensen was. Er

werd niet opengedaan. Toen heb ik een plan bedacht.'
'Ik denk dat ik het snap!' zegt Liza opeens. Ze kijkt het kringetje rond. 'De eigenaar van de pony is ziek geworden en moest naar het ziekenhuis. Dat las ik in de krant. Naast zijn huis had hij een Shetlander. De familie dacht pas na een paar dagen aan de pony. Toen ze naar het weitje gingen, bleek de pony er niet meer te zijn. Er stond een artikel hierover in de krant.'
Een paar seconden is het doodstil.
Kees knikt. 'Vanmiddag heb ik de pony teruggebracht. Omdat ik niet meer naar het bos mag.' Hij werpt een verontwaardigde blik naar zijn tante.
'Je had het toch kunnen vertellen!' roept zijn tante verbaasd.
'Ik had die pony stiekem weggehaald omdat ik dacht dat ze verwaarloosd werd. Ik heb in het geheim een afdak gemaakt en spullen bij de boerderij gestolen. Dat was stom. Maar ik deed het voor de pony. Ik dacht dat iedereen kwaad op mij zou zijn. Ik wist niet wat ik moest doen.'
'Je bent een kanjer,' zegt Stuivenvolt.
'Wat?' Kees kijkt Stuivenvolt heel verbaasd aan.
'Ja, je hoort het goed: je bent een kanjer!' herhaalt Stuivenvolt.

HOOFDSTUK ACHTENTWINTIG

Een bijzonder cadeau

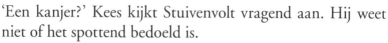

'Een kanjer?' Kees kijkt Stuivenvolt vragend aan. Hij weet niet of het spottend bedoeld is.

'Ik meen het!' lacht Stuivenvolt. 'Jij ontdekte een wond en zag dat er geen drinkwater was. Het was beter geweest als je anderen had ingelicht. Maar hoe dan ook, ik vind dat jij goed gehandeld hebt. Je hebt voor de pony gezorgd.'

Kees slaakt een zucht van opluchting. Iedereen lacht en reageert positief op hem.

'Ik vond het wel eng,' vertelt Kees zachtjes. 'Ik moest met de pony de weg oversteken en een plek in het bos zoeken. Die hut had ik natuurlijk eerst gemaakt. De pony zette ik vast met een touw. Ik wilde goed voor de pony zorgen, maar toen ik haar achterliet in het bos werd ik bang. Ik wist niets van het verzorgen van pony's af. Wat moest de pony eten? Toen ben ik naar jullie gegaan.'

'Ik vond het al zo raar...' grinnikt Liza. 'Al die vragen die je ons stelde.'

'Ik heb een tijd achter de struiken gelegen en toen jullie weg waren kon ik naar binnen. Er stonden een heleboel zakken met biks. Ik heb geprobeerd er eentje mee te nemen, maar die zak was te zwaar. Jullie kwamen terug en toen kon ik hem niet meer in het hok zetten. Ik verstopte hem in de greppel. Haalde er iets uit en bracht de zak een dag later terug door het raam. Dat was een heel gedoe.'

'Je nam ook een borstel mee,' zegt Femke.

Kees knikt bevestigend. 'De pony zag er vies uit.'

'Gelukkig werd ze niet verwaarloosd,' zegt Stuivenvolt. 'Door omstandigheden is er alleen maar een paar dagen niet naar de pony omgekeken.'

'De eigenaar is erg gehecht aan zijn Shetlander,' glimlacht Liza. 'Dat stond allemaal in de krant. Hij werd ziek en het duurde even voordat de familie aan de pony dacht. Hoe is het nu met de wond?'

Kees kijkt bedenkelijk. 'Die was behoorlijk groot. Ik denk dat de pony zich geschaafd heeft aan een paal.'

'Wat heb je allemaal bij meneer Stuivenvolt weggehaald?' vraagt zijn tante.

Kees trekt een grimas. 'Stro…'

'Hoe nam je dat mee?' valt Margriet hem in de rede.

'In vuilniszakken. Verder heb ik een kilo biks aan de pony gevoerd. Ik heb een borstel geleend, drie grote platen, een schop en een oude emmer die in de tuin lag.'

Stuivenvolt trekt zijn wenkbrauwen verbaasd op. 'Een schop?'

'Ik moest voor de zekerheid sporen uitwissen. Ik heb een kuil gegraven en daarin heb ik de mest gestort. Die kuil heb ik gisteren dichtgegooid met aarde.'

'Geneest de wond?' vraagt Liza als er een stilte valt.

'Dat is heel vreemd gegaan.' Kees pauzeert een ogenblik. 'Toen ik de pony naar de hut bracht, bloedde de wond opnieuw. Dat vond ik heel erg en eigenlijk wilde ik met het dier naar een dierenarts gaan. Maar dat durfde ik niet. Ik had nog niet

bedacht waar ik de pony naartoe moest brengen.'
'Heb je het artikel in de krant gezien?' vraagt Femke.
'Laat hem eens uitpraten,' zucht Liza.
'Ja.' Kees kijkt bedrukt. 'Ik heb het in de krant gelezen. Die mensen waren ongerust. Dat is allemaal mijn schuld.'
'Maar wat was er vreemd?' vraagt Liza nieuwsgierig.
'De wond is al bijna genezen!'
'Logisch! Je haalde water uit de Peelderpoel,' zegt Femke.
'Zou het dan toch waar zijn?' mompelt de tante.
'Daar lijkt het wel op,' zegt Stuivenvolt.
'Wat bedoelen jullie?' vraagt Kees fronsend.
'Vroeger kwamen er van heinde en verre mensen om water uit de Peelderpoel te drinken. Men zei dat het water een geneeskrachtige werking had,' legt tante uit. 'Zoiets kun je natuurlijk nooit bewijzen.'
Kees knippert met zijn ogen. 'Ik zag dat de wond van de pony snel beter werd. Binnen twee dagen. Dat vond ik vreemd.'
'Zie je wel,' mompelt Femke.
Stuivenvolt wrijft bedachtzaam over zijn kaak. 'Ik geloof dat ik ook maar eens een emmer water uit de Peelderpoel haal.'
De tante staat op. 'We moeten de eigenaar inlichten; de pony is weer terug in het weiland.'
Stuivenvolt stelt voor om de politie te bellen. Kees schudt zijn hoofd.
'De politie zal alles begrijpen,' knikt Stuivenvolt geruststellend.
De tante belt in het bijzijn van de anderen naar de politie en vertelt het hele verhaal. De dienstdoende agent maakt notities en belooft onmiddellijk contact op te nemen met de familie.
Daarna drinken ze thee. Het ijs is gebroken en Kees vertelt honderduit over zijn 'reddingsactie'.

156

'Wat een avontuur,' lacht Liza.

'Ik vond het niet leuk,' biecht Kees op.

'Wanneer je iets stiekem doet, word je meestal bang,' zegt Femke.

'Ik kon 's nachts niet slapen. Ik moest steeds aan de pony denken, en aan de spullen die ik had gepikt. Ik was bang dat alles ontdekt zou worden.'

'Eind goed, al goed,' lacht tante.

Stuivenvolt wil niet te lang blijven. 'Mijn koeien wachten aan het eind van de middag met smart op mijn komst.'

'Zullen we samen naar het weiland rijden waar de pony staat,' stelt tante voor aan Kees. 'Dan maak ik een paar mooie foto's van jou en de Shetlander. Als aandenken.'

Een kwartier later lopen ze met elkaar over het parkeerterrein naar de auto's. Stuivenvolt wil ook mee. Uiteindelijk zijn ze allemaal nieuwsgierig geworden naar de Shetlander die een paar dagen in een hut vlakbij de Peelderpoel heeft gebivakkeerd. Daarna zullen ze met elkaar de spullen uit het bos halen en naar de boerderij terugbrengen.

Als ze bij het huisje van de Shetlander aankomen, staan er drie auto's op het erf. De Shetlander staat in het weilandje naast het huis.

'Zou er iets aan de hand zijn?' vraagt Liza zich af.

Ze lopen over het pad richting de pony.

Er gaat een deur van het huis open. Een vrouw van middelbare leeftijd komt nieuwsgierig naar hen toe.

'Komen jullie op bezoek?' vraagt ze.

Stuivenvolt legt de reden van hun komst uit.

'Jullie komen voor de Shetlander!' lacht de vrouw. 'Wat leuk! We zijn zojuist ingelicht door de politie. We hadden al gezien dat de pony teruggebracht was.' Ze richt haar ogen op Kees.

'Dan ben jij vast de jongen die hem uit het weiland heeft gehaald.'

Kees knikt.

'Geef haar eens een hand,' fluistert tante en ze duwt Kees zachtjes naar voren.

'Sorry voor wat ik heb gedaan,' mompelt Kees als hij haar een hand geeft.

'Gelukkig is alles op zijn pootjes terechtgekomen,' lacht de vrouw hartelijk. 'Mijn vader is eind van de ochtend thuisgekomen. Hij voelt zich nu weer goed. Achteraf bleek hij een licht hartinfarct te hebben gehad. Kom maar even mee naar binnen. Mijn vader wil jullie graag ontmoeten.'

'Is dat niet te druk voor hem?' vraagt Margriet zich af.

'Dan halveren we de groep. De ene helft gaat naar de pony, de andere helft naar mijn vader.' Terwijl ze naar het erf lopen, vertelt de vrouw dat haar vader verknocht is aan dit huis. De Shetlander is zijn maatje. Maar omdat de man steeds meer last van allerhande kwaaltjes heeft, zou het beter zijn dat hij in een verzorgingstehuis gaat wonen. 'Hij is al tachtig,' voegt de dochter eraan toe. 'Vanochtend heeft hij gezegd dat hij wil verhuizen als we een goed plekje voor de Shetlander hebben gevonden.'

Stuivenvolt loopt met tante en Kees mee naar binnen. Liza en Femke gaan naar de pony.

'Het is een merrie,' constateert Femke.

'Wat ziet ze er schattig uit.' Liza kijkt vertederd naar de bruine Shetlander met de opvallend witte manen. Ze laat de rugzak van haar schouders glijden en haalt er een appel uit. 'Voor jou.'

'Dan geef ik mijn appel aan Binky,' grijnst Femke.

De meisjes kruipen onder het draad door. De Shetlander hinnikt vrolijk. Ze is blij met de aandacht. Liza constateert dat de wond bijna is genezen.

'Jèèèèèh!' Met die enthousiaste kreet komt Kees tien minuten later naar buiten stuiven.

'Wat zou er aan de hand zijn?' vraagt Liza zachtjes. Ze legt een arm om de hals van de Shetlander.

'Verrassing!' Kees is buiten adem. Hij kijkt naar Stuivenvolt die achter hem aan gekomen is. 'Mag ik het vertellen?'

'Natuurlijk!' antwoordt Stuivenvolt.

'Binky krijgt een vriendinnetje.'

Liza en Femke staren hem niet-begrijpend aan.

Stuivenvolt knikt. 'Jullie krijgen een bijzonder cadeau...'

'De Shetlander?' fluistert Liza met ingehouden adem.

'Ja. De Shetlander mag bij Binky in het weiland. De stal is groot genoeg. Het weiland ook. En er komen dagelijks twee geweldige Pony Friends!'

'Echt waar?' zegt Liza met stralende ogen. Ze kan het nauwelijks geloven.

'Echt waar!' beaamt Stuivenvolt. 'Binky krijgt een vriendinnetje.'

'Wow! Wat een bijzonder cadeau!' juichen Liza en Femke.

In de serie

PONY FRIENDS

zijn verschenen:

DE VERGETEN PONY

Liza Lienhout heeft nog geen vriendinnen in het stadje waar ze sinds kort woont. Daarom zoekt ze een verzorgpony. Maar hoe kom je aan zo'n dier? Een advertentie ophangen in de supermarkt is misschien een oplossing. Dan vindt Liza op straat een zonnebloem, mat daaraan een kaartje met een geheimzinnige boodschap. Van wie is die zonnebloem? En voor wie is de boodschap bestemd? Vanaf dat moment bleeft Liza allerlei wonderlijke avonturen!

Vanaf 9 jaar
ISBN 978-90-6056-908-5

BINKY, WAAR BEN JE?

Liza Lienhout is dolgelukkig als ze van boer Stuivenvolt voor zijn IJslandse pony Binky mag gaan zorgen. Maar het is Liza al snel duidelijk dat er een geheim om de pony hangt.
Want waarom koopt Stuivenvolt, die een jaar of veertig is en vrijgezel, een pony voor zichzelf?En waarom is hij zo over zijn toeren als de pony op-eens uit het weiland verdwenen is?

Vanaf 9 jaar
ISBN 978-90-6056-930-6

ECHT GAAF!

Liza Lienhout heeft pas een paar dagen een verzorgpony, als ze besluit ermee naar een ponykeuring te gaan. Dat vraagt natuurlijk wel wat training, zowel voor Liza, die nog nooit eerder pony's verzorgd heeft, als voor de IJslandse pony Binky die moet wennen aan Liza.
Gelukkig is het heel gezellig op de keuring in Buisdam. Liza en haar vriendin Femke vinden er nieuwe vrienden, en ze ontmoeten er een man die hen wijst op het bestaan van een heel bijzondere manege: de Manege zonder Drempels.

Vanaf 9 jaar
ISBN 978-90-6056-946-7

NIET ZIELIG!

Sinds Liza Lienhout in Burchtwaarde is komen wonen, is er in haar leven veel veranderd. Ze vond de verzorgpony Binky, kreeg een nieuwe vriendin – Femke – en maakte tijdens een paardenmarkt kennis met twee zusjes waarvan er een in een rolstoel zit. Die handicap bracht de vier Pony Friends naar een heel bijzondere manege: de Manege zonder Drempels in Bennekom. Maar daarna gebeuren er nog allerlei zeer spannende dingen...

Vanaf 9 jaar
ISBN 978-90-454-1011-1

VERPRUTST

Liza en haar vriendin Femke zijn stapeldol op hun verzorgpony Binky. Om wat aan de eenzaamheid van Reitze Stuivenvolt, de eigenaar van het dier, te doen willen de meisjes boer Reitze koppelen aan Sonja, die in het hotel van Liza's ouders werkt. Maar dan gebeurt er iets afschuwelijks... Zullen ze Binky kwijtraken? Is nu echt alles verprutst?

Vanaf 9 jaar
ISBN 978-90-454-1052-4

EEN VRESELIJK GEHEIM

Liza en haar vriendin Femke zijn dolgelukkig met hun verzorgpony Binky. Sinds kort staat er in Binky's weiland een nieuwe schuur met een ruime clubzolder voor de Pony Friends. Wat een mazzel! Maar dan wordt Liza opgebeld door een onbekend meisje dat zegt dat ze een afschuwelijk geheim op het spoor is...

Vanaf 9 jaar
ISBN 978-90-454-1075-3

SUPERBINK

Liza Lienhout heeft in een onbezonnen bui domme dingen gezegd. Daardoor verwacht baron Hagestein dat ze een theaterstuk zal opvoeren tijdens zijn familiefeest. Maar dat was helemaal niet Liza's bedoeling! Dus dat betekent crisis! Gelukkig krijgt Liza hulp van haar Pony Friends en van hun verzorgpony's Binky en Droppie. Dat levert uiteindelijk een fantastisch spektakel op. En dan wordt Binky ook nog eens de held van de dag...

Vanaf 9 jaar
ISBN 978-90-454-1097-5

LEUGENS!

De twee Pony Friends Liza en Femke gaan bijna elke dag naar hun lieve verzorgpony Binky.
Op een dag vinden ze een geheimzinnige brief in hun clubhuis: iemand wil hen ontmoeten in het bos. Moeten de twee meisjes daar wel op ingaan? Is dat niet gevaarlijk? En wie wil er opeens in het clubhuis logeren? Spannend is het wel, maar ze stapelen zo wel de ene leugen op de andere! Komt de waarheid nog uit?

Vanaf 9 jaar
ISBN 978-90-454-1129-3

PONY'S IN GEVAAR!

Het is herfstvakantie. Op weg naar hun verzorgpony Binky maken de Pony Friends Liza en Femke kennis met Aniek, die op zoek is naar twee Haflingers die uit hun wei zijn gejaagd.
Dat is het begin van spannende avonturen.
En ook van de kennismaking met een nieuwe manier van natuurlijk en bewust omgaan met paarden: de EquiLibretraining van Terra Natura.

Vanaf 9 jaar
ISBN 978-90-454-1155-2

Van dezelfde auteur is verschenen de serie:

SAMMIE